AF415057

Grot

Een sciencefictionroman

Richard G. Hole

Sciencefiction en fantasie

Elke poging tot rebellie werd bestraft met de dood.

De apathie proberen te verminderen, een min of meer handwerk gebruiken om het van zich af te schudden, hoe klein ook, was de laatste pijn.

De desintegratoren.

Daar zouden de lichamen stoppen, waarvan er niet eens het minste spoor was ...

Grot is een verhaal dat behoort tot de Science Fiction-serie, een verzameling sciencefiction- en fantasyromans

GROT

HOOFDSTUK I

Hij haatte dit alles.
Hij haatte Kronos en hij haatte Alvia ook.
Alvia was lang, mooi en had zwarte ogen.
Alvia was geprogrammeerd om lief te hebben, kinderen te krijgen, samen te leven met iemand zoals hij, of beter dan hij.
Alles was geprogrammeerd op de Planeet.
Daarom haatte hij Kronos.
Daarom haatte hij Alvia.
Ze leefden allebei ... begroeid, sliepen of hielden van, maar meer niet. Dat was zijn Wetenschap geworden.
Zo was het in het verleden niet.
Kelf herinnerde het zich.
Drie-, vier- of vijfduizend jaar geleden was dat niet zo.
Hoe zit het met hun cellen?
Hoe zit het met de biochemische samenstelling van je lichaam?
Heb je er ook een hekel aan?
Ja, er was ook geen ander antwoord dan dat.
Alvia had een witte huid en een rooskleurige huid, Alvia was slim, de slimste in de Galaxy I.
Veel, maar niet genoeg om in zijn magnetische computerbrein te komen.
Er was alleen iemand die het overtrof, Kronos zelf.
Hij moest dus voorzichtig zijn.
De wezen-robot, of het robot-wezen.
Dat was het onbekende.
Een wetenschapper met een bestaan van meer dan vijfduizend jaar, die van hier naar daar kon gaan, uit vrije wil, uit vrije wil, maar wiens bewegingen geautomatiseerd waren omdat alles werd gecontroleerd.
Zelfs het vermogen om lief te hebben of te haten.
Alleen haat, als die er al was, ging Kronos' wil te boven.
Een testament dat de Planeet ongedaan maakte.
"Robots", mutanten, machines overal.
Ze hielden van, dronken, gingen naar de zogenaamde bioscoop of theater ..., met uitvoeringen en films die tot op de vijfde van een seconde werden gecontroleerd.
Een uur om te beginnen en een ander om te eindigen.
Programma voor lunch, diner of slapen.
Lege velden en vol robotmachines.

Ze deden en maakten ongedaan zoals ze wilden, zaaien, oogsten, zonder ook maar een enkele mislukking.

Zelfs het water in de wolken werd gecontroleerd.

De rest, de wezens van de planeet, begroeid in de fauteuils in de zon, op de stranden, onder de bomen, liefhebbend, strelend, zoenen..., maar meer niet.

Tijd voor liefde, om te slapen, om wakker te worden ... en om te gaan wandelen, lange wandelingen, onvermoeibare wandelingen, en dan ergens gaan liggen.

Zoals Frida en Volmen.

Vanaf daar kon ik ze zien.

Naast de fontein van het Grote Centrale Plein, in de schaduw, innig omarmd... Wezens die voor niets anders werden gebruikt dan om te genieten.

Maar wat vonden ze leuk?

Geen probleem.

Ze waren... onwerkelijk, ook al waren hun schaduwen op de grond geworpen.

Ze hadden geen gevoelens, geen eigen ideeën, want Kronos had ze gegrepen.

Precies zoals het hem is overkomen.

"Kelf, je moet dit of dat doen" en dat deed hij.

'Alvia is erg eenzaam vanavond, ga naar haar toe, Kelf,' en hij moest wel.

Uren om lief te hebben, te genieten, te lachen of te zingen; maar allemaal onder een uitdrukkelijke bestelling.

De planeet werd binnengevallen door de apathie van de wezens die haar bevolkten, en Kronos was de belangrijkste architect geweest, hoewel hij ook een deel van de schuld had dat dit gebeurde.

Misschien wel de oudste.

Alvia wist hoe ze moest liefhebben, maar haar liefde was beheerst en Kelf wilde dat niet.

De Wezen-Robot of de Robo-Wezen.

Het was... het gebruikelijke onbekende, dat seconde na seconde in hem opkwam, zodra hij met een van die mutanten werd geconfronteerd.

Maar eigenlijk, daar, op de planeet, wie was de mutant, de robot?

De wezens die het bevolkten, zoals hij en Alvia, of werden ze Robots genoemd, die alles regeerden, hun leven en geest regeerden?

Elke poging tot rebellie werd bestraft met de dood.

De apathie proberen te verminderen, een min of meer handwerk gebruiken om het van zich af te schudden, hoe klein ook, was de laatste pijn.

De desintegratoren.

Daar zouden de lichamen stoppen, waarvan niet eens het minste spoor was.

Dat is waarom hij Kronos haatte, en waarom hij zichzelf haatte.

Alvia zou kinderen kunnen krijgen.

De Grote Dokters van de Planeet hadden het haar verteld toen ze bij hem ging wonen, maar Alvia wilde ze niet.

Hij hield niet van het langzame proces of het ongemak dat het hem ongetwijfeld zou veroorzaken.

Daarom haatte hij Alvia.

Haar inruilen voor een ander, voor een ander wezen van een ander geslacht om bij hem te wonen?

Dat zou hij natuurlijk kunnen, maar in zijn rapport aan de president zou hij bepaalde gegevens moeten geven, die hij liever voor zichzelf hield.

Frida en Volmen hadden met hun rug tegen de keermuur van de Grote Centrale Fontein geleund.

Ze keken elkaar in de ogen.

Kelf keek op zijn horloge.

Ze hadden nog precies vier minuten en dertig seconden over, dan zouden ze vanaf daar opstaan en, arm in arm, beginnen weg te lopen, de "gewone" wandeling onder de bomen van het park makend.

Kelf wist dat als ze een fractie van een seconde langer bleven hangen dan nodig was, een robotwezen hen een waarschuwing zou sturen.

De derde, als die kwam, zou worden gestraft en later, als de handeling werd herhaald ...

'Waar kijk je naar, Kelf?

Langzaam wendde hij zich van het raam af, draaide zich om en keek haar aan.

Alvia was mooi en had huid...

Lang, met stevige borsten of het equivalent daarvan, en haar benen volledig bloot, was ze perfect, althans dat dacht Kelf.

Ik lachte naar hem.

'Aan Frida en Volmen' antwoordde hij, de trein van zijn gedachten afsnijdend; Hij sloot zijn geest voor de hare, bang dat ze zou raden wat haar gedachten waren over Kronos, over de toekomst en over zichzelf. "Ze zitten bij de bron.

"Op een dag zullen ze een fout maken" hij zweeg even en naderde hem, legde zijn handen op zijn schouders, terwijl Kelf naar zijn middel ging en haar op een bijna onweerstaanbare manier tegen zijn borst trok, en voegde eraan toe ": Wanneer neem je me mee? onder de bomen, Kelf, ze doen het allemaal op een of andere dag, en jij en ik wonen samen.

'Maar je wilt geen kinderen.

"Ik haat ze.

En kuste hem, in tegenstelling tot zijn woorden.

Kelf zei niets.

Zijn lippen gingen uiteen op de hare en hij beantwoordde Alvia's streling zacht. Toen scheidde hij haar van zijn armen.

'Kronos wil je zien, Kelf,' zei ze zodra ze dat had gedaan.

"Waarvoor?

"Kronos geeft nooit een verklaring. Hij beveelt en wij gehoorzamen.

"Ja dat weet ik. En jij...?

'Ik wacht wel,' ze keek hem peinzend aan en voegde er na een paar of drie seconden stilte aan toe: 'Ik denk dat we over een paar uur uit de hand lopen.

'En dat vind je niet leuk, hè?

"Niet doen.

"Waarom?

'Als dit gebeurt, probeer je me te dwingen. Tijd telt niet meer voor jou, als het om mij gaat.

'En je wilt geen kinderen?

'Dat weet je, Kelf,' antwoordde ze. Daarom, waarom altijd hetzelfde vragen?

Kelf glimlachte.

Witte, roze, amberkleurige huid ...

'Ik zou je kunnen dwingen. Een klacht bij Kronos...

Ze naderde hem, golvend.

'Dat doe je niet, Kelf,' fluisterde ze, haar handen al in zijn nek, haar lippen kietelend. Je zult het niet doen.

'Waarom? herhaalde Kelf als een automaat.

Alvia stopte met hem te kussen, deed een stap achteruit en antwoordde:

'Je houdt van me..., en dat raakt je kwijt, schat. Kom op, ga, en laat hem niet wachten. Kronos zou boos zijn.

Kelf wist dat het waar was.

Het stoorde hem niet, niet een beetje, niet te veel, maar dat wilde hij niet, voorlopig niet.

Hij draaide zich om en, zonder te antwoorden, naderde hij een van de muren; het paneel schoof vanzelf naar achteren en voor hem uit, zodat hij genoeg ruimte had om naar binnen te gaan.

Dat deed hij, en stil op zijn onzichtbare rails sloot het zich achter hem en Kelf zag zichzelf waar hij zichzelf ontelbare keren had gezien.

Het grote centrale schip van Kronos.

Lang en breed, onmetelijk, met een eigen licht dat overal vandaan leek te komen, en tegelijkertijd uit het niets.

Dubbele rij mutanten, robotwezens, stil, het ingewikkelde mechanisme van het schip manipulerend.

Knoppen, rood en wit, ontelbaar, zo oneindig als het nummer zelf, schermen die aangingen die afgingen, draaiend op wielen, tandwielen, bandrecorders, maar in stilte, in stilte van achter het graf.

Hij begon vooruit te komen tussen de Robotwezens die zich omdraaiden om hem zo stil aan te kijken als de machine zelf, en hij naderde het algemene controlepaneel en begon met de hand van de expert te manipuleren.

Voor hem lichtte het televisiescherm op en hij vroeg:

"Heb je me gebeld?

En het antwoord luidde:

'Je bent vijftien seconden en drie tienden te laat, Kelf, en dat vind ik niet leuk.

'Ja, ik weet het. Sorry, het zal niet meer gebeuren.

Maar hij loog, en dat wist Kronos niet.

"Was het Alvia?

'Nee, zij was het niet. Ik heb mezelf vertraagd.

'Je liegt, Kelf! Het was Alvia.

Kronos wist het.

Kelf verstijfde en vroeg zich af of hij niet al het andere ook wist, alles wat hij van het Planetenstelsel dacht.

'Ja, zij was het,' antwoordde hij, vooral om die stilte te doorbreken die nog veel verdachter zou kunnen lijken dan wanneer hij zou blijven praten.

'Goed... Alvia, Kelf. Je krijgt er kinderen van.

Hij wilde hem niet tegenspreken en antwoordde met een enkel woord, wat op zijn beurt nogal een vraag was:

"Jij...?

Kronos reageerde traag.

'Er is iets mis, Kelf.

Zijn spieren spanden zich als stalen kabels.

"Wat werkt er niet...?

"Er is iets in mij aan het mankeren.

Hij fronste.

"Leg jezelf eens uit, wil je?

'Er zit iets in mijn hoofd, begrijp je? Ideeën die erin willen doordringen en dat niet kunnen. Dit is nooit gebeurd, en dat weet je.

"En lekker...?

'Vanavond moet je hier komen. Moge Alvia je vergezellen.

"Waarvoor?

"Je moet alles controleren. De circuits, de alarmen en ... alles.

"Kan ik het alleen?

'Alvia gaat met je mee, Kelf. Het is mijn wens. Ik wil haar naast je zien.

"Het is goed. Alvia gaat met me mee" herhaalde hij als een automaat.

'Dat is goed, Kelf.
Hij antwoordde even niet, hij wierp alleen een lange blik op de dubbele rij Robots-Wezens en, al kijkend naar Kronos, vroeg hij:
'Ze zullen blijven om me te helpen, toch?
'Je doet het wel zelf, Kelf. Ik wil niet dat iemand anders in de machine, de circuits, de computers, de...
Kelf deed alsof hij naar hem luisterde, maar dat was hij niet.
Gedachte.
Vanavond kon hij.
Er zou lange tijd geen andere gelegenheid zijn.
": ... en nu je weet wat ik wil, ga weg, Kelf. Alvia wacht op je. Ze wil je graag naar huis brengen.
Gaf geen antwoord; als hij dat had gedaan, zou hij zeker in lachen zijn uitgebarsten.
Hij was een schepper en hij zou vernietigen.
Dat was alles.
Voor zijn ogen werd het scherm zwart, en toen, zonder een enkele aarzeling, draaide Kelf zich om en liep naar de uitgang.

HOOFDSTUK II

Het kwam uit de keuken of iets dergelijks, en het naderde hem, glimlachend, fascinerend, zich bewust van zijn macht over wezens van het andere geslacht.

Over de Wezens-Robots, zoals zij en hijzelf.

Kelf wist wat er ging gebeuren.

Precies zoals andere keren.

De witte, semi-metallic rok en de lange, perfecte, blote benen.

Ze bleef naar hem kijken en bleef naar hem glimlachen, begeerlijk, alsof ze gaf of weigerde. Van die van die laatste Kelf was hij nooit zeker.

Hij worstelt met zichzelf, niet om op te staan en naar haar toe te rennen om haar in zijn armen te sluiten, maar om niet te kijken naar de twee glazen die naast hem op tafel stonden.

'Ik ben klaar, Kelf.

Ze was heel dicht bij hem toen hij dat deed en hij stak een van zijn handen uit en nam die in de zijne.

Alvia ging op zijn benen zitten en ze kusten.

'Hou je van me, Kelf?

"Ja en jij?

"Te.

Hij streelde een van haar blote benen.

"Maar..." begon hij,

Alvia onderbrak hem fronsend.

'Gaan we terug naar hetzelfde, Kelf? "Ik vraag.

En er klonk walging in zijn stem.

"Vanavond", antwoordde hij, "gaan we naar Kronos.

"Ja, ik weet het" antwoordde Alvia volkomen kalm ", maar je wilt het hem niet vertellen. Dat kan niet.

'Je weet het heel zeker.

Hij zag haar glimlachen en toen verraste zijn vraag hem:

'Hoe oud ben je, Kelf?

Hij keek haar verbaasd aan en antwoordde:

'Millennials, Alvia, en ik lieg niet tegen je.

"Ik weet het. Dat is waar we niet hetzelfde zijn. Jouw biologische samenstelling is anders dan de mijne.

"Wat bedoel je?

"Als ik een oude vrouw ben vol rimpels, onherkenbaar, ga je op dezelfde manier verder. Je bent niet sterfelijk, Kelf.

"Is het een reden?

'Is er een van. De anderen heb ik je al uitgelegd.

"Is niet genoeg.
"Er zijn van die millennia... waar je niets aan hebt, als je niet weet wat ik bedoel" hij aarzelde een beetje, zonder dat Kelf iets zei en plotseling sloeg hij zijn armen om zijn nek ": Oh , Kelf! Ik hou van je ... Ik hou zoveel van je weet je Ondanks alles ...
Alvia zelf brak af toen ze haar lippen drukte tegen die anderen die haar eerst koud leken en plotseling plotseling heet werden, terwijl ze zich vastgehouden voelde door de krachtige armen die haar energiek maakten.
Toen ze uit elkaar gingen, was het meer dan een lange minuut geweest, en het duurde nog een paar seconden voordat Kelf reageerde, van hen beiden hield, terwijl ze een van haar roze, welgevormde armen om zijn nek hield.
'Hier, Alvia,' zei hij en bood haar er een aan. We gaan drinken, en meteen gaan we.
Hij nam het, glimlachend.
'Voor jou, Kelf,' zei hij even voordat hij het naar zijn lippen bracht.
Ze dronk en Kelf deed haar koeltjes na.
Er was een seconde wachten, misschien twee, en plotseling kantelde Alvia's hoofd naar een kant, en de man hield haar vast zodat ze niet op de grond zou vallen.
En met haar in zijn armen, en hij naderde de slaapkamer, legde haar zachtjes op het bed, draaide zich om en bereikte de drempel van de deur.
Hij keek haar niet aan.
Hij haatte haar en op dat moment was de Planeet, het lot van de planeet, haar toekomstige lot, veel belangrijker dan Alvia.
Toen hij de volgende dag wakker werd, zou hij CHAOS vinden.
De Robotwezens zouden op de grond zijn, zoals ze waren, poppen van metaal, staal of hun equivalent, gebroken, uiteengevallen, levenloos ... die niet meer naar hen zouden terugkeren omdat Kronos zou zijn gestorven.
De vreselijke CHAOS.
Beschaving vernietigd ... maar die beschaving, en niet de robotwezens.
Ze zouden leven, zouden ze moeten denken, om op eigen kracht voor zichzelf te zorgen, en de planeet, langzaam, in decennia, in lange decennia, herwint zijn frisheid, het werkende leven dat het millennia geleden al had.
Van frisheid en van leven, en niet van langzame dood, zoals in die tijd het geval was.
Zonder luiheid, zonder apathie en zonder zoveel dingen die hem langzaam opslokten.
Hij zou herstellen. Ik zou uit CHAOS komen.
Daar was Kelf volkomen zeker van.
Hij verliet de slaapkamer en begon over te steken naar de andere kant van de grote kamer, naar de deur die naar de straat leidde.

Het is niet aangekomen.
Een zacht gezoem, maar lang en eentonig, bracht hem tot stilstand, alsof hij plotseling wortel schoot in de grond.
Kronos!
Hij keek op zijn horloge.
Nee, het kon niet Kronos zijn die hem op dat uur belde, want er was geen vertraging in zijn vertrek.
Alles was gemeten, tot op de duizendste van een seconde gecontroleerd.
Nee, natuurlijk was het niet Kronos.
Wie dan wel?
Het zoemen hield aan en Kelf wist dat het niet zou stoppen totdat hij het soort hoorn oppakte, verborgen achter een klein paneel aan de muur.
Hij liep naar hem toe, trok hem terug en drukte op een van de knoppen.
Voor zijn ogen flitste een rood licht snel, en toen was het opgelost, en bijna onmiddellijk hoorde hij de stem.
Onherkenbaar, krassend, een beetje hees, maar toch met bekende ondertoon.
"Kelf...?
"Ja wie ben jij?
"Het maakt nu niet uit. Luister naar me, alsjeblieft "er was angst in de stem, een oneindige angst." Doe het niet, begrijp je?
'Wat hoef ik niet te doen?
'Doe het niet voordat ik ga. Alsjeblieft... het zou verschrikkelijk voor je zijn. Heel afschuwelijk. Iets wat hij nooit zou vergeten. Doe het niet. Reageren.
Kelf vroeg hem fronsend en een beetje nerveus:
"Waar ben je?
"Het is een lange afstand" leek te verdrinken. Op het andere continent. Van daaruit sprak hij haar aan. Alsjeblieft, Kelf, doe dat niet vanavond.
Weer aarzelde hij.
Een zot?
Het zou kunnen of misschien niet.
In twijfel antwoordde Kelf: ik probeer niet te doen ...
De stem van de andere kant onderbrak hem:
'Ik ga een raketvliegtuig nemen, begrepen? Ik ben er over zeven of acht uur en dan praten we verder. Ik... ik kan en wil het je niet op deze manier uitleggen, je zou me niet geloven.
De rode gloeilamp voor zijn ogen ging uit en Kelf realiseerde zich dat hij de communicatie had verbroken.
Hij sloot het paneel en draaide zich om om naar de slaapkamerdeur te kijken.

Alvia bleef slapen, ze zou zo doorgaan tot ver in de volgende dag... en misschien... misschien zouden ze elkaar nooit meer zien.

Tenminste, nee, binnen die stand van zaken.

Een zot?

Hij haalde zijn schouders op en keek weer op zijn horloge.

Hij zou zich moeten haasten.

Hij ging de straat op, volledig bewapend.

Niemand zou je registreren

Als de grote wetenschapper van de planeet had hij het volledige vertrouwen van de president en Kronos zelf.

Kronos ... degene die hij wilde vernietigen, degene die hij diezelfde nacht zou vernietigen, en het was paradoxaal.

Hij stapte op het brede trottoir en onmiddellijk stopte er een robotauto naast hem, en de deur die aan die kant hoorde, ging open om hem in het voertuig te laten.

Kelf ging zitten, ging op de achterbank zitten en de koude, metalen stem van de machine vroeg:

'Waar is Alvia, Kelf? Kronos vertelde me dat ze ook met jou mee zou gaan.

Kelf glimlachte.

'Het avondeten was slecht voor hem, en hij kan het niet. Kronos zal zelf de dokter bellen.

“Kronos zal dat niet leuk vinden.

'Ik weet het,' antwoordde Kelf volkomen kalm. Neem je mij mee?

Er kwam geen antwoord, maar de machine ging richting Planet Headquarters.

De Grote Centrale Fontein, nu verlicht, en Kelf, die hem zag, dacht aan Volmen en Frida.

Misschien zouden ze blij zijn met wat hij vanavond ging doen.

Hij stapte uit de robotauto voor de Grote Poort en begon, met zijn ogen gericht op de zes robots die de bewaker vormden, de trappen te beklimmen, wit en glanzend, glanzend, van een geprefabriceerd materiaal dat speciaal voor dat doel was gemaakt.

Robot-wezens die respectvol voor hem plaats maakten en hem "welterusten" zeiden met hun gelijke, geprogrammeerde, metaalachtige en kille stemmen van levende machines.

Robot-Wezens die die nacht hun wacht zouden beëindigen op een manier die heel anders is dan de gebruikelijke, aangezien de Wezen-Robot op dat moment het hoogtepunt van een feit zou hebben bereikt, om het Wezen te herwinnen, binnen de Planeet.

Hij stak de deur over, antwoordde "welterusten" en liep, zonder ook maar één keer zijn hoofd om te draaien, ook zonder een enkele aarzeling, naar de

kamer waar hij die middag met Alvia was, en toen, regelrecht naar het paneel dat werd teruggetrokken naar een kant wijken.
Vier seconden later stond Kelf tegenover Kronos.
De lege kamer, zonder ziel.
Zonder geluid, hoewel zijn duizenden mechanismen met zonneprecisie bleven werken.
"Je bent op tijd aangekomen, Kelf" was wat hij zei voor alle groeten. En Alvia?
'Het avondeten was slecht voor hem en hij kon niet komen.
Er viel een stilte, die lang en zwaar leek, wat haar nerveus maakte.
Kronos brak het na die tijd, met een nieuwe vraag:
"Kun je het zelf?
Glimlachte.
"Dit is niet de eerste keer", zei hij.
'Ja, dat weet ik, maar Alvia... ik zie haar graag hier in de buurt. Alvia is mooi, Kelf, en niemand weet het beter dan jij 'en hij voegde er abrupt aan toe:' Waar ga je beginnen?
'Bij de alarmcircuits.
"Later...?
'De extra zintuiglijke, en als ik de fout niet kan vinden, zal ik in je geest moeten graven.
"Ik weet.
"Vervolgens...
Er volgde een nieuwe stilte, maar deze was veel korter dan de vorige.
Kronos sneed het, zoals altijd:
"Ga opzij, Kelf. Ik kijk er naar uit om dit achter de rug te hebben. Het is alsof mijn ingewanden me ergens voor willen waarschuwen, en ik kon het niet... en ik hou niet van dat gevoel.
Kelf deed een stap achteruit en zijn blik dwaalde door de hele faciliteit, het hele geautomatiseerde complex.
Met ogen van wat hij was, van een expert.
Ten slotte begon Kelf naar de bodem van het Grote Schip te lopen.
Hij was er bijna toen het alarm begon te klinken.
Eerst zacht, later luider, en toen verspreidde het geluid zich door Planet First City en schudde het op zijn grondvesten.
Hij draaide zich om op het moment dat Kronos' sarcastische lach zijn oren bereikte, en zijn woorden:
'Je gaat dood, Kelf. Geef je over zonder weerstand.
Het lange schip voor hem, volledig verlicht, stil als altijd, de duizenden tandwielen die draaien en draaien... en lampen die uitgaan, die oplichten, maar leeg zijn.

Kelf aarzelde niet.

Met het wapen in de hand, een vreemd uitziend plat wapen, klein maar krachtig, aangezien de gevolgen verwoestend waren, rende hij naar de uitgang.

Kronos' lach ging diep in hem op, net toen het paneel opzij schoof om hem door te laten en het op dezelfde manier achter hem sloot, zodra hij dat had gedaan.

De gang.

Stil, somber ondanks dat het zo verlicht was als het schip dat hij net had verlaten.

De bocht.

Kelf bleef rennen.

De Grote Poort.

De uitgang.

Daar zouden de zes Robotwezens op hem wachten, met het uitdrukkelijke bevel om hem te doden.

Hij bleef rennen tot hij stopte voordat hij daar aankwam, hijgend, bezweet, zijn longen stonden op het punt om uit zijn mond te barsten.

Hij opende het als een vis in het water.

Hij zat opgesloten.

Kronos had vanaf het begin alles geweten en op dat moment, toen hij tot die conclusie kwam, herinnerde hij zich het telefoontje van die avond.

WHO...?

Waarom heb je niet opgelet?

Om hem heen was de stilte dreigender dan het spookachtige gelach van Kronos en de aanwezigheid van alle Robotwachters van het Grote Huis en van de Planeet.

Hij dacht aan Alvia.

Alvia, die zou slapen, slachtoffer van de drug die hij haar gaf, vermengd met het glas sterke drank.

Hij haatte Alvia.

Hij mediteerde op haar, op dat telefoontje, aarzelend tussen naar buiten gaan of binnen blijven tot de Grote Deur openging om hen ruimte te geven, met het pistool in de hand op heuphoogte.

Tot hij plotseling een besluit nam.

HOOFDSTUK III

Zijn hart was gestopt met kloppen van die angstaanjagende kracht waardoor hij met zijn rug tegen de muur stopte.

Het was het moment.

Kelf deed een stap weg, wierp een blik achter zich door de gang achter hem, naar de bocht die al het andere aan zijn zicht onttrok.

Langzaam begon hij te lopen.

Hij liep naar de Grote Poort en merkte hoe, nogmaals, en nu hij niet rende, zijn voorhoofd begon te transpireren.

Een stap, twee, drie, zelfs vier, niet in het midden van de gang gaan staan, maar tegen de muur aan zijn linkerhand strijken, en plotseling, alsof hij een stil bevel gehoorzaamde, ging de Grote Deur open en toen zag hij enkele seconden voordat ze hem zagen en hij aarzelde geen moment.

Haalde de trekker over.

Er was een zwak geluid en twee van de Robotwezens gingen in rook op, na een blauwe flits die hem bijna verblindde.

Kelf wierp zichzelf op de grond, terwijl de andere vier schoten op hem afvuurden.

De muur achter zijn rug maakte een klik en een wolk van puin viel over de lengte en de breedte ervan, terwijl hij op zichzelf rolde, en de stem van Kronos was over de hele planeet te horen: -

'Ik wil hem levend, klootzakken. Pas je wapens aan.

Het was een fout.

Kelf begreep het zo.

Een fout van een duizendste van een seconde, maar hij begreep het in veel minder tijd, in iets oneindig veel kleiners, en hij deed net zoals ze met z'n vieren hun wapens hieven, niet om hem te desintegreren, hem in stof te veranderen, maar ze zo af te stellen om hem niet te doden.

Een van die stralen trof zijn lichaam, hij zou op de grond vallen, verstoken van kennis, en wat later zou komen, zou mogelijk veel erger zijn dan de dood zelf.

Hij liet ze niet toe.

Vier keer op rij zond hij de stralen, en de doordringende en onaangename geur van verbrande kabels en circuits bereikte zijn neusgaten precies op het moment dat hij kronkelend op de grond, tussen vonken van vuur, uit zijn zicht verdween.

De Grote Poort stond voor hem open.

Kelf rende daarheen.

De straat.

Hij liep de trap af en keek om zich heen, toen het alarm weer afging en de inwoners van de Grote Stad vertelde dat er een robotwezen uit Kronos was ontsnapt.

Ik was alleen.

Hij kon niet eens naar huis, naar Alvia, ondanks zijn haat voor haar.

Daar zouden ze hem eerst gaan zoeken.

Misschien stonden ze al naast haar op hem te wachten.

Kronos zou op alles hebben geanticipeerd, zelfs als hij uit het Grote Huis zou kunnen ontsnappen.

Hij bereikte de hoek.

Enkel en alleen.

Hij was helemaal alleen in de Grote Stad.

Niemand zou een enkele deur openen of hem helpen, wetende wat dat zou betekenen voor hem die dat deed.

Hij begon te lopen, vingers gebald op het pistool, op zoek naar een uitgang in de richting van de extreme wijken.

Frida en Volmen.

Zij ook niet.

Alleen, helemaal alleen.

Kronos moest gewoon wat langer wachten om hem op te sporen.

Heel weinig anders.

Boven zijn hoofd, de zwartheid van de lucht, en de sterren in hun onverbiddelijke mars in het heelal.

Hieronder de Grote Stad en de dodelijke val die het nu voor hem vertegenwoordigde.

Kelf kwam om de hoek.

Hij boog het, en terwijl hij dat deed, zag hij ze.

Twee, die van elkaar gescheiden waren zodra ze hem zagen, en net toen hij voorover op de grond dook.

De bliksem ging heel dicht langs zijn lichaam, sloeg tegen de muur van het huis achter hem, zonder het minste geluid te produceren of het minste spoor achter te laten, dus hij begreep, zonder enige moeite, dat de bestelling van Kronos, met betrekking tot dat hij hem wilde hebben levend had hij alle Wachters van de Planeet bereikt.

Hij vuurde twee keer, nadat hij naar een van de portalen was gesprongen, en de gloed van beide verlichtte het hele sombere steegje waar hij zich op dat moment bevond.

Kelf begon te rennen.

Frida en...

Hij maakte de gedachte niet af, want op dat moment zag hij haar, op het trottoir, naar hem toe rennen met de lange haardos die achter haar aan wapperde.

Frida was ook een brunette en haar ogen waren groot en schuin, bruin, heel donker.

Frida was ook mooi en hij mocht haar, maar daar kon hij haar niet in mengen.

"Kom," zei hij, terwijl hij nauwelijks zijn zijde bereikte "; kom op, kom met me mee.

Hij greep zijn hand, trok hem mee.

Hij verzette zich.

'Ik kan niet met je mee, Frida,' zei hij.

"Kom" herhaalde ze. Ik breng je naar een veilige plek.

"Ik kan het niet. Ik wil niet dat je... Aan de andere kant kan ik niet naar je huis gaan. Ze zouden me daar zoeken, en Volmen zou het niet leuk vinden. En Kronos. Hij zou eindigen met jou hetzelfde als

Frida onderbrak hem:

'Volmen telt hierin niet mee, Kelf.

"Maar...

"We leven, maar meer ook niet. Ik hou niet van hem, en dat weet hij. Kronos beveelt, en wij gehoorzamen, maar niets meer,

Hij trok weer aan zijn hand en Kelf maakte een berustend gebaar.

Een veilige plek, dat was wat hij nodig had, en dat had Frida beloofd.

Hij begon te lopen, zonder dat zij hem liet gaan, en binnen een paar minuten wist hij dat hij hem naar huis zou brengen, naar de woning die hij deelde met Volmen.

"Frida...

'Ja? En ze hield haar mooie bruine hoofd schuin om naar hem te kijken.

"Volmen laat me niet binnen.

"Hij is niet thuis. Het zal niet de hele nacht komen.

"Toch, de robotwezens...

'Ze zullen je niet vinden. Jij en ik gaan, zoals ik je zei, naar een veilige plek. Je zult niet lang in het huis zijn. Slechts enkele minuten. Kom op, Kelf, ik bedrieg je niet "hij pauzeerde, nog steeds lopen, zonder zijn hand los te laten en vroeg": En Alvia?

"Slaap.

"Hoe is het mogelijk...?

'Ik zal het je later vertellen.

Thuis.

Een paar minuten nadat hij uitgesproken was, stond Kelf voor zijn deur.

Naast hem liet Frida zijn hand los, deed een paar stappen naar voren en opende de deur.
'Kom binnen, Kelf,' zei hij fluisterend.
Hij stak de drempel over.
En hij merkte niet eens de plaatsen op waar ze hem naartoe leidde, totdat hij midden in zijn eigen slaapkamer stopte.
'Wacht hier op me, Kelf.
"Waar ga je naar toe?
Hij glimlachte naar haar.
Zijn tanden waren perfect.
Een kleinigheid, om dat te zien en onder zulke omstandigheden, maar Kelf deed het op die manier.
'Op zoek naar eten, Kelf. Misschien moeten we een tijdje bij elkaar blijven.
Het was de verplichte vraag, en hij stelde hem:
"En Volmen?
"Het telt hierin niet mee. Ik zal het je buiten vertellen.
Hij wachtte niet op antwoord, draaide zich om en zag haar verdwijnen in een van de kamers.
Het duurde een paar minuten om terug te keren en het kwam volledig volgeladen met pakketten.
"Help me, Kelf", vroeg hij.
En dat deed hij.
Toen ze klaar was, boog Frida zich voorover, duwde het tapijt dat op de vloer lag opzij en kon het luik zien, dat ze toen optilde.
Een trap.
'Jij komt eerst naar beneden.
Hij begon dat te doen zonder te antwoorden, zonder iets te vragen, en zij volgde haar voorbeeld en sloot het daarna.
Duisternis.
Kelf begon de treden te voelen, net toen Frida er met een zaklamp op scheen.
Een renner.
Kelf ging verder en voelde haar aan zijn zijde, het sierlijke klikken van haar schoenen op de harde vloer en, meer dan wat dan ook op zich, haar vrouwelijke aanwezigheid en alles wat ze op elk moment voor hem vertegenwoordigde.
Uren
Kelf wist het nooit, maar plotseling eindigde de gang en sloot zich voor zijn ogen met wat leek op levende rots.
Hij draaide zich om om haar aan te kijken.
Frida glimlachte naar hem.
"Er is een uitweg.

"Ja...?

'Kronos weet het niet, maar ik weet zeker dat ze deze passage zullen vinden, alleen als ze dat doen, zullen we hier niet zijn.

Ze naderde de muur, haar rug naar hem toe, en voor het eerst sinds ze die nacht was gestruikeld, gingen Kelfs ogen naar haar prachtige benen, die bijna volledig zichtbaar waren door de zeer korte rok.

Een buzz.

Hij schrok en stopte met naar haar te kijken om, op een volledig mechanische manier, zijn ogen te richten op de rots die zijn pad blokkeerde. Het haastte zich naar de zijkant, net als het paneel waarachter Kronos zich verstopte.

'Kom op, Kelf,' zei ze, terwijl ze haar gedachten in duizend stukjes brak. Je moet oversteken naar de overkant, anders gaat het weer dicht en nu... kunnen we pas een paar uur later open. loopt!

Hij deed het, nam haar bij de hand en trok haar zoals hij eerder had gedaan. De andere kant.

Ik kijk.

Rotsen, scherpe randen, struiken, bomen, de maan, de sterren, de berg.

Ik vraag:

Waar is de Grote Stad?

Frieda lachte.

"Achter deze berg, Kelf", antwoordde hij. En stop niet, we kunnen hier niet lang blijven.

Hij reageerde niet en begon te lopen, haar, zoals altijd, naar zijn zijde leidend.

Een pad tussen de rotsen.

"Ik ontdekte het bij toeval," legde ze uit.

"Met Volmen?

'Alleen. Een genot om wandelingen te maken waar Kronos geen controle over heeft. En geloof me, Kelf, de meeste inwoners van de Grote Stad doen dat.

"Waarom komen ze niet in opstand?

"Ze zijn bang om dood te gaan. Zoals ik, zoals jij ... en ook zoals Kronos. De meer dan ieder van ons. Daarom laat hij niemand dicht bij hem komen. Het is hun triomf tegen de jouwe, Kelf. Tegen het wezen dat...

"Laat dat vallen, wil je?

'Ja, natuurlijk, ik wilde je niet lastig vallen. Gaan we?

"Ja.

Ze liepen verder over het rotsachtige pad, zonder een spoor van hun passeren achter te laten, totdat het abrupt eindigde, in een bocht, en Kelf merkte dat hij tegenover de graniet- en basaltmassa's van de berg stond.

Hij keek terug.

In de verte leek het hem de helderheid van een nieuwe dag te onderscheiden.

'Het zal snel aanbreken, Frida,' merkte ze op, terwijl ze de stilte die hen op wat voor manier dan ook omringde, wilde doorbreken.

Ze antwoordde niet

Opnieuw had ze hem de rug toegekeerd, de schaduw van haar prachtige lichaam van jong en mooi gemanipuleerd, en het gezoem werd herhaald.

De rots bewoog voor zijn ogen.

Het gat, groot, bijna net zoveel of meer dan de Grote Deur van het hoofdkwartier van de president van de planeet en van Kronos.

En Frida's kleine, goed verzorgde hand tussen de hare

"Kom binnen, Kelf" uitgenodigd", hier zijn we veilig.

Hij dacht aan Volmen, maar sprak zijn naam niet uit, omdat hij dat niet meer wilde.

Ze kwamen binnen, lopend verlicht door het soort dove lantaarn die Frida in haar handen droeg en Kelf kon op sommige plaatsen op enorme hoogte boven haar hoofd de stalactieten op het plafond zien, die haar over het verleden vertelden.

Van een getrouwde van eeuwen.

Ze daalden verder af naar de ingewanden van de planeet totdat, ook op een plotselinge abrupte manier, de afdaling eindigde.

De grot.

Daar vormde het een soort grandioos plein, en daaromheen nog een aantal monden, bij de ingang van evenzoveel grotten.

'Daar kunnen we op ingaan, Kelf,' zei ze. Het zal voor ons allebei genoeg zijn.

"Gaf geen antwoord.

Ze staken over naar de andere kant, zwijgend, kwamen binnen en het licht scheen.

Kelf keek haar verbaasd aan.

'Ik ben dit allemaal al maanden aan het installeren, Kelf.

"Waarvoor?

"Als een retraite.

"Voor jou?

"Ja.

Ik kon zijn gezicht niet zien.

Hij liet de pakjes op de grond vallen en Kelf, wachtend op het antwoord, volgde zijn voorbeeld.

"Alleen?

"Niet doen.

"Met een ander Wezen van een ander geslacht?

'Ja. Een uitje... met jou, Kelf. Ik wil het altijd. Ik hou van je, weet je?
Zo simpel was het, de laatste pakjes op de rotsvloer leggen.
Toen ging hij rechtop staan, en ze stonden oog in oog, heel dicht bij elkaar,
bijna aanrakend.
'Mag ik het geloven, Frida?
"Oh, Kelf... wat... wat een mooie waanzin…!
En ze wierp zich in zijn armen, haar lippen zoekend met een vuur dat alles
dreigde te verteren.
Dat was tenminste het gevoel dat Kelf ervoer toen hij haar aanraking begon
te beantwoorden.
Veel later, met haar hoofd op haar blote dijen, terwijl ze op de grond zat
met haar rug tegen de rots, sloot Kelf haar ogen.
Hij was erg moe, enorm moe.
In slaap gevallen.
Op haar gezicht glimlachten Frida's sensuele rode lippen terwijl haar ogen
straalden met ongewone kracht.
Hij had Kelf in zijn armen gehouden, de man voor wie hij Alvia begon te
haten, en die nu als een kind sliep en volledig op haar vertrouwde.
En hij hield van het gevoel dat hij ervoer.

HOOFDSTUK IV

Hij opende zijn ogen.

Zijn hoofd rustte op de strakke dijen van het meisje en ze was aan het dutten, het hare leunde tegen de muur.

Kelf begon zachtjes te bewegen, wilde haar niet wakker maken en vroeg zich zelfs niet af hoe dit tussen hen twee was gebeurd.

Hij ging op de grond zitten en zag zichzelf meteen voor Frida's ogen, die hem een beetje geschrokken aankeken.

'Kelf...' riep hij uit, 'O, Kelf! Ga niet, ik wil niet dat je gaat, begrijp je? Ik wil ook niet vermoord worden.

Hij sloeg zijn armen om haar nek en kuste haar nog een keer.

"Ik ga niet weg", zei hij.

Ze liet hem los.

"Echt?

- Dat klopt "antwoordde hij", maar op een of andere dag zal ik het moeten doen.

"Niet doen!

Het was bijna een schreeuw, maar Kelf deed alsof hij het niet had gehoord. 'Ik moet het doen, begrijp je?

En je zult sterven. Je lichaam zal verdwijnen zonder weg te gaan ...

'Het kan gebeuren, Frida; Dat weet ik ook, maar ik hou van Kronos, en ik ga hem afmaken.

'Dat weet ik allemaal, Frida, en omdat ik het weet, wil ik het ook.

"Jij... jij...

Ze stond op en Kelf volgde haar voorbeeld.

'Jij bent de eerste van wie ik echt hou. Snap je het?

"Ja.

'Nou, begrijp ook dat ik je niet kwijt wil.

"Dat gaat allemaal niet gebeuren, maar ik moet eruit.

"Nutsvoorzieningen?

"Nee." Hij keek op zijn horloge.

Tien, zeven seconden en vier tienden.

Kronos had het ook zo geregeld, tot op de milliseconde.

Dag of nacht?

Kelf stelde zichzelf de vraag, toen ze al aan het antwoorden was:

'Luister, Kelf,' zei hij; Ik wil bij je blijven. Leven met jou. Kronos heeft je toegewezen aan een andere vrouw...

"Ik weet.

"Jij houdt van haar?

"Niet doen.

"Ik noch Volmen. En dat is nog een van de dingen die ik je ook heb verteld.
En wat ga je nu doen?
'Ga weg, Frida, maar niet nu.
"Is er geen andere manier om...?
"Nee er is geen.
Nog dichterbij, zo erg dat Kelf de warmte van haar lichaam tegen het zijne
voelde, antwoordde Frida:
"Ik zal doen.
"Dat...?
'Luister, Kelf, ik ga zo weg en jij zult op me wachten.
"Waarvoor?
"Onder meer Volmen. Ik wil niet dat je naar mij gaat zoeken en dit onder
de aandacht van Kronos brengt. Als hij dat doet, zal hij ons op de een of
andere manier vertellen.
"Het zal gebeuren.
'Dat weet ik, maar tegen die tijd is het misschien te laat.
"Afgezien van Volmen, Frida, wat ben je van plan te doen?
'Probeer dingen te weten, Kelf. Dingen die voor jou belangrijk kunnen zijn.
"Dat zou gevaarlijk zijn" hij keek haar van top tot teen aan en voegde eraan
toe ": Aan de andere kant, na wat er tussen ons is gebeurd, wil ik niet dat je
terugkeert naar Volmen.
'Hij wil me niet hebben, Kelf, daar kun je zeker van zijn. We weten allemaal
hoe we dingen moeten doen op een manier die ... dat ... Hij het niet zal
beseffen, maar ik zal niet weer van hem zijn. Het is een belofte.
"Wanneer ga je het doen?
'Ik heb honger', antwoordde ze, prozaïscher dan Kelf. 'Dus niet voor de
lunch of het avondeten. Met de droom ben ik het idee van tijd kwijt.
Hij maakte het eten koud, dat ze in stilte verslonden.
Toen hij klaar was, stond Frida op,
"Hoe laat is het?" Vraag ik.
"11:30.
Ze kwam dichter bij de ingang van de grot en Kelf volgde haar.
"Je zal terug komen...?
Ze draaide zich om om hem aan te kijken.
Hij glimlachte naar haar.
'Verwacht je anders?' vroeg hij op zijn beurt.
"Ik weet het niet.
Gaf geen antwoord.
Ik bedoel, hij deed dat niet, maar hij zei wel:
'Kom, ik zal je de veren laten zien.
Kelf volgde haar.

Een half uur later was hij weg.

Hij raadpleegde zijn horloge toen de grote rotsmassa zich achter hem sloot, en hij keerde op zijn schreden terug.

Ik moest nadenken.

Kronos, de lanceerplatforms; maar ik zou het niet kunnen, niet zonder hulp. Frida ...

Ik herinnerde het me.

Uur na uur, totdat er een moment kwam dat hij zelf iets te eten moest bereiden, dat hij materieel verslond.

Dan uur na uur; twintig in totaal.

Frida ... dat ze niet terugkwam, dat ze misschien niet meer zou terugkeren

Hij moest daar wegkomen en het opnieuw proberen.

Volmen... Nou, Volmen zou hem niet helpen, niemand in de Grote Stad.

Twintig uur, gedurende welke tijd Kelf de grot centimeter voor centimeter afspeurde, mediteerde en er vertrouwd mee raakte, misschien voor verdere verkenning.

Een gerucht.

Het wapen dat hij bewaarde verscheen in zijn hand en hij ging zich verschuilen achter de stalactieten die als paddenstoelen achter zijn rug leken te groeien.

Hij wachtte, en het was heel weinig.

* * *

Hij droeg verschillende pakketten toen hij haar zag binnenkomen.

"Waar ben je geweest?

Frida keek hem aan en glimlachte naar hem. Hij deed een paar stappen naar voren, wurmde zich uit hun handen en liep naar de tafel, waar hij ze losliet.

"Ik stelde je een vraag.

Ik hoorde je "hij draaide zich om om hem aan te kijken." Heb je hem niet gezien? 'Hij zei... Ik ging naar buiten om wat dingen te kopen' hij zweeg even en toen hij haar naderde, stelde hij een nieuwe vraag': wanneer ben je terug?

Volmen's handen waren op zijn middel, toen hij antwoordde:

'Binnenkort, zoals ik je al zei. Een klein uitje...

'Dat Kronos het niet leuk gaat vinden, als hij erachter komt.

"Ga je het hem vertellen? Kom op, ga, op straat zijn robotwachters. Het is materieel vol.

'Je bent jaloers, en dat klopt niet, Volmen. Dat gevoel zou niet moeten tellen, noch voor jou, noch voor wie dan ook, of het is geprogrammeerd.

"Ja dat weet ik.

Hij leunde op haar lippen.
Frida stak haar hoofd naar voren en bood het hare aan, maar verbrak de omhelzing lachend zodra Volmens handen op haar middel begonnen te drukken.
'Nu, Volmen, ik heb een baan. Dit moet allemaal gerepareerd worden.
'Waar ben je geweest? zei hij, alsof hij haar niet had gehoord.
"Winkelen
'Dat heb je me al verteld.
En is het niet waar?
'Om te gaan winkelen moest je heel vroeg opstaan, Frida.
"Waarom denk je er zo over?
'Ik kwam aan met het licht van de nieuwe dag en jij lag niet in bed.
'Ik stapte uit, net als jij. Een klein uitje. Je weet dat ik dat soms doe.
"Alleen?
Hij toonde haar tanden in een glimlach.
"Niet doen.
"Een ander wezen dan jij?
"Ja, maar er gebeurt niets. Ga gewoon met me mee. We gingen naar de grote esplanade. Hij is een buitenlander en hij wilde haar zien, haar leren kennen.
"En vergezeld van een ander Wezen, biologisch verschillend van zijn eigen biochemische samenstelling?
"En waarom niet? Alvia is mooi, Volmen
"Wat bedoel je?
Frida kwam naar hem toe.
"Niets, dat weet je niet" ze stak haar armen uit, en liet zich omhelzen door die anderen die haar wilden, maar niets meer, en toen scheidde ze zich van hen af en zei ": ik maakte een grapje.
En liegen.
Frida trok een wenkbrauw op.
Hoe weet je zo zeker dat ik lieg, dat ik tegen je heb gelogen? "Hij lachte, en voegde eraan toe" Ik was helemaal alleen, Volmen. Ik wilde zijn, begrijp je? Soms overkomt het mij.
Er werd een nieuwe vraag gesteld en Frida stelde die na een paar seconden stilte:
"En jij?
"Ik moet bekennen dat ik niet eerder kon komen.
"Waarom?
"Maar..." hij keek haar aarzelend aan en voegde eraan toe ": Ben je er nog niet achter gekomen?
Hij ging zitten en keek haar nog steeds nauwlettend aan.
'Bedoel je Kelf?

"Ja.

"Er is ik weet niet wat in de straat... Ik zag de Robots-Guardians, en ik wilde geen vragen meer stellen. Alle inwoners van de Grote Stad weten dat Kelf je vriend is.

"Het was.

"Niet meer?

'Niet doen. Hij wilde Kronos vernietigen, en Kronos geeft ons alles. Zelfs de lucht die we inademen.

"En liefde...?

'Ook lief, Frida. Zoals hij het aan Kelf gaf, zoals hij het aan mij gaf. Eén woord was genoeg om je te pakken te krijgen.

"Je rekent niet op mij, toch?

'Je telt in die zin niet mee. Uw verplichting komt neer op één: kinderen krijgen.

'Er zijn er nog veel meer, Volmen.

"Dat is onbelangrijk.

Frida zweeg, wilde niet verder op dat terrein, maar verbrak het na een korte stilte met een verzoek dat, te oordelen naar haar toon, alleen maar de nieuwsgierigheid betekende die ze zou kunnen voelen over een feit dat al volbracht is.

"En Alvia?

"In het Grote Huis.

'Waarvoor ging hij daarheen?

'Vanmorgen vonden ze haar slapend en namen haar mee.

"Gaan ze...?

'Kronos zei nee, Frida. Ze moest Kelf gisteravond vergezellen naar het Grote Huis en Kelf heeft haar gedrogeerd om helemaal alleen te gaan. Zoals je kunt zien, is ze niet schuldig.

"Hoe hoe ...?

"Kronos weet alles. Het is noodzakelijk dat Kelf gisteravond een telefoontje kreeg van het andere continent, en de telefoniste heeft het doorgestuurd naar het Grote Huis. Ze wachtten op hem en hij ontsnapte. Nu zoeken ze hem.

'Denk je dat ze hem zullen vinden?

"Je doet niet?

Frida keek hem strak aan voordat ze antwoordde:

'Ik heb je gewoon een vraag gesteld, Volmen.

'Ja, het is waar,' hij keek haar aarzelend aan en voegde er bedachtzaam aan toe: 'Vandaag zullen we niet in de schaduw van de Centrale Fontein kunnen gaan liggen. Frida, of onder de bomen lopen.

'Waarom? Het is bijna tijd.

'Vergeet dit. Kronos zei dat hij naar de president moest gaan.

"Uw! "En er klonk verbazing in zijn stem." Waarvoor?
"Ik weet het niet. De president geeft een bevel en u moet gehoorzamen.
"Ja, zij heersen en wij beperken ons...
"Frida!
"Ja !?
'Ik hou er niet van als je je zo uitdrukt.
"Sorry, Volmen, het zal niet meer gebeuren.
"Dat zeg je altijd.
"Nu zal ik mijn woord houden.
En hij dacht aan Kelf, in Kelfs armen toen hij haar het antwoord gaf.
Hij antwoordde daar niet op, maar specificeerde wel:
"Maak eten voor me. Ik heb net de tijd.
'Naar het Grote Huis gaan?
"Ja zo is het.
Degene die niet antwoordde was Frida.
Kelfs armen, Kelfs liefkozingen, Kelfs kussen.
Frida draaide zich om en liet hem alleen, en kwam pas weer bij hem als het middagmaal klaar was.
Hij ging zitten met Volmen.
Nog iets, het zou verdacht zijn geweest.
Ze aten met eetlust, hun ogen gericht op de klok op de schoorsteenmantel, de minuten aftellend die ze daarvoor nodig hadden, allebei stil.
Toen hij klaar was, stond Volmen op en zij volgde zijn voorbeeld.
"Ga je al weg?
De vraag was onnodig, want ze wist het al, maar Frida stelde hem bij gebrek aan iets beters.
Volmen liep rond de tafel en liep naar haar toe toen hij antwoordde:
'Ze wachten op me, Frida.
Hij greep haar bij de schouders en schoof toen zijn grote, sterke handen naar haar middel, terwijl zijn agaatogen haar zelfgenoegzaam aanstaarden.
Hij leunde...
Frida kuste hem, accepteerde en beantwoordde de streling, en vergezelde hem toen naar de deur.
"Wanneer kom je terug?
"Ik weet het niet
"Vanavond...?
'Ik weet het niet, Frida. Dat zal afhangen van de president en misschien de Grote Raad.
"Is er een vergadering?
"Ja.
"Maar je behoort niet tot de...

'Ik weet het,' onderbrak hij, 'maar ik moet gaan. Kronos wil het hebben.
"Kronos en altijd Kronos, en de president.
Frida dacht van wel, maar wat ze zei was:
'Ik zal de hele nacht op je wachten.
Volmen reageerde niet en ging de straat op.
Frida deed de deur achter zich dicht en begon diagonaal over te steken, gebruikmakend van zijn vrije doorgang om dat te doen met zijn ogen gericht op de Robots-Guardians die op hun beurt zijn ogenschijnlijk kalme mars naar het Grote Huis observeerden, en toen keerden ze terug hun aandacht voor de straat en het huis waar Frida helemaal alleen was.
De Esplanade, de Fontein, de schaduw waaronder hij Frida had omhelsd en gekust... en de trappen die toegang gaven tot de Grote Deur.
En zes Robots die op wacht staan.
Maar ze waren anders dan degene die Kelf desintegreerde.
Hij liep de trap op en zag hoe twee van hen hem tegemoet kwamen.
Volmen stopte niet.
Zijn lange, sterke Scandinavische gestalte leek ze allemaal te domineren, voor korte seconden, maar het was niet meer dan dat, een illusie van zijn eigen zintuigen.
De trap was achter.
Ze blokkeerden zijn weg en hij had geen andere keuze dan te stoppen.
'De president wacht op me', zei hij. Ik ben Volmen.
"We weten het", antwoordde een van de twee. Kom, kom, ga met je mee.
Ze draaiden zich om en lieten een opening tussen hen, en Volmen stapte, zonder een woord te zeggen, in het midden, en zo gingen ze over de drempel.
De kamer was anders dan het schip dat Kronos bezette
Rond en met een glanzende vloer, een equivalent van de was die in de twintigste eeuw voor zo'n taak werd gebruikt, maar met een enorm voordeel ten opzichte van dat; dat is nooit vervaagd.
En de tafel in het midden.
Groot, circuleren ook, en de voorzitter, met de leden van de Raad.
Zes in totaal.
Eén voor elk van de continenten, rekening houdend met degene die millennia geleden werd gevormd op de zuidpool van de planeet.
Volmen was onder de indruk van die stille aanwezigheid, nog meer van de briljante en raadselachtige blik van de president, wiens dode gezicht, met ingevallen kassen en niet minder ingevallen jukbeenderen, dezelfde glans leek te hebben als de grond waarop hij liep. ogenblikkelijk.
'Jij bent Volmen, die bij Frida woont, toch?

Hij leunde wat dichter naar hem toe, zijn eigen gefixeerd op die van de president.
"Waarom vraag je het als je het al weet?" antwoordde hij.
'Gewoon antwoorden en verder niets.
Gaf geen antwoord.
'Jij bent Volmen, toch?
"Ik ben Volmen.
'En woon je bij Frida?
"Ik woon bij Frida", herhaalde hij.
"Ga zitten.
Volmen zette zich schrap en deed dat in de enige beschikbare stoel, zich realiserend dat hij door de Zes zou worden beoordeeld, voor iets waar hij geen idee van had, en hij beefde.
Maar hij had het mis.

HOOFDSTUK V

En hij wachtte met zijn ogen op de president gericht en merkte op hoe de ogen van de rest hem in stilte onderzochten, wat nog veel sinister was dan welke bedreiging dan ook.

'Je bent een vriend van Kelf.

Het was geen vraag, maar een verklaring, en Volmen antwoordde met dezelfde woorden die hij al een paar minuten eerder aan Frida had geantwoord:

'Dat was het,' antwoordde hij koeltjes.

Het raadselachtige gezicht voor hem veranderde niet van uitdrukking.

'Leg dat eens uit, wil je?

"Hij wilde Kronos vernietigen, en ook elk wezen op de planeet. Aan alle Robotwezens.

"Is het een motief?

"Voor mij genoeg.

Er volgde een stilte, die dik werd totdat de president zich verwaardigde deze met een fluitende stem te verbreken:

"Wat weet je over hem?

"Van Kelf?

"Ja.

'Alle. Blijkbaar is hij erin geslaagd om uit de Grote Stad te ontsnappen.

"Niemand kan ontsnappen aan de macht van Kronos, of de mijne.

'Dat weet ik. Maar je bent sterfelijk.

"Wat bedoel je?

'Dat je fouten mag maken... maar nee, Kronos.

Weer een stilte, nu korter dan de vorige.

'Iemand helpt je, Volmen.

Hij huiverde bij die uitspraak die op dezelfde manier werd gezegd, op dezelfde toon, en zonder dat dat hermetische gezicht iets uitdrukte.

'Zou kunnen. Kelf heeft vrienden in de Grote Stad. Die hebben we allemaal.

'Ik weet het ook. Jij bent een van hen.

Voor de tweede keer huiverde Volmen.

'Probeer je me ervan te beschuldigen dat ik het heb gedaan?

'Nog niet, maar er is iets dat ik wil weten.

"En het is.:.?

'Gisteravond. Je was niet bij Frida. Een van de Robots-Guardians zag je op straat toen de zon opkwam. Waar ging je heen?

'Ik ging naar buiten om te zien..., om...' hij aarzelde een beetje en voegde eraan toe, wetende dat hij moest spreken, iets zeggen ': ik probeerde Alvia te zien.

"Waarom?
"Is mooi.
"En Frida?
"Het is te. Ik sliep en was helemaal alleen toen ik aankwam. Dus Kelf was mijn vriend, en het bezoek, ongepland, heeft maar een kleine boete, en dat weet u, president. Ik keerde terug en toen ik naar buiten ging, hoorde ik het alarm. Dus ik verstopte me, wetende wat er ging gebeuren, ze konden me voor iemand aanzien, en niemand sterft graag zonder schuldgevoel. De dag brak aan toen ik mijn schuilplaats verliet, omdat het rustiger leek, en ik naar huis ging.
Dat had alle tekenen van waar te zijn, en de president stelde een nieuwe vraag:
'Wat zei Frida tegen je toen je aankwam? Welke vragen heeft hij je gesteld?
Volmen hield zijn adem in.
Eindelijk had hij het begrepen.
Misschien had de president, gewaarschuwd door een van de Robots-Guardians, Frida buiten het huis gezien, zoals zij hem zagen, hoewel hij het feit niet kon beseffen.
Hij antwoorde:
"Hij was niet in het huis.
"Niet doen...?
Stilte.
Angstaanjagend, ook al duurde het niet veel seconden,
"Antwoord, Volmen; Waar is Frieda gebleven?
'Toen ze laat op de dag terugkwam, zei ze dat ze was gaan winkelen, maar ik geloofde haar niet.
'Dus volgens jou was hij de hele nacht weg.
"Ja.
"Met wie?
Volmen wachtte op de vraag en knipperde niet.
"Misschien met Kelf" antwoordde hij koeltjes.
"Hoe weet je dat?
"Ze heeft me geen kinderen gegeven. Hij voelt geen liefde voor mij.
'Kronos heeft het je toegewezen.
'Dat weet ik, en ik heb dat bevel opgevolgd, maar zij niet.
"Waarom?
"Voor de kinderen. Hij heeft ze mij niet gegeven en hij zal ze ook nooit aan mij geven,
'Heeft Frida het je verteld?
"Er zijn dingen die niet gezegd hoeven te worden.

De voorzitter nam enkele seconden de tijd om te antwoorden, terwijl de rest van de leden van de Raad zwegen, maar notities maakten.
"Vertrek nu
Hij was verrast door het onverwachte bevel, maar stond op.
"Naar mijn huis?
'Niet doen. Alvia is bij Kronos. Ga haar helpen en let op haar. Alvia is kostbaar voor Kronos en voor de Raad.
"En Frida?
'Doe niets als je haar ziet, als je haar ziet, begrijp je dat? Maar als dat zo is, en hij vraagt, kun je hem over dit interview vertellen, maar versier het dan op je eigen manier. En ga nu, Volmen. En kijk uit voor Alvia. Je antwoordt me met...
'Ik weet waaraan ik mezelf blootstel,' antwoordde hij, terwijl hij zich omdraaide om tussen de twee Robots-Guardians te gaan staan die op hem wachtten.
Hij ging naar buiten, voor de stilte van het graf.
Toen ze alleen waren, keek de president hen één voor één aan en richtte toen zijn blik op Siegel.
'Wat voor nieuws is er van jullie continent? "Ik vraag.
Klein, gedrongen, hij zag eruit als een intelligent dier, niet zomaar iets anders.
'We hebben niet kunnen vinden wie die oproep heeft gedaan.
"Hoe is dat?
Siegel had kunnen antwoorden om dezelfde reden dat Kronos de verblijfplaats van Kelf niet kon vinden, maar hij zorgde ervoor dat hij het niet noemde, en wat hij antwoordde was:
"Hij ontsnapte.
"Wat is het ...?
'Gewoon dat hij is ontsnapt. Toen mijn Wachters de plaats vonden waar het moest zijn, was dat ding er niet meer.
"Hoe verklaar je dat?
Zonder zijn gebruikelijke kalmte te verliezen, antwoordde Siegel:
"Hij is gewoon gegaan zoals hij gekomen is.
"Ja...? En waar is het gebleven? Kronos zal het willen weten"
'Naar de sterren. Het kwam daar vandaan, president.
'Van de sterren...? Dat is gek! Een ding van de sterren, dat door de ruimte naar ons toe reist om Kelf te waarschuwen niet... op te geven. Je maakt me belachelijk, Siegel.
"Ik wist dat dat je reactie zou zijn…, maar ik breng je het bewijs dat ik de waarheid spreek. Monsters van de plaats waar het schip dat het vervoerde landde, en hoe alles eromheen was achtergelaten toen het vertrok.

"Geef ze aan mij!
En ze stak haar knoestige hand naar hem uit, uitgerust met lange, scherpe nagels.
Hetzelfde alsof het die van een klauw waren. En Siegel overhandigde ze.

HOOFDSTUK VI

Ze kon niet slapen, ze kon niet stil zitten, niets kon geboren worden behalve wachten op Volmen.

Hij was bang voor die komst.

En terwijl ze op die manier mediteerde, dacht Frida aan Kelf, zich afvragend of hij nog steeds was waar ze hem had achtergelaten, of hij de belofte zou nakomen die hij had gedaan om op haar te wachten.

Het was waar dat hij het huis op dat moment kon verlaten, maar niet minder waar dat er Guardian-Robots in de buurt waren.

Het zou voor een van hen genoeg zijn om haar te zien vertrekken om het Grote Huis te waarschuwen, en Kronos zou haar sturen om haar te volgen of te stoppen, en beide waren slecht voor Kelf en voor zichzelf.

Daar zouden ze haar aan het woord laten.

Hij zou wel moeten, ook al zou hij dat niet willen.

Hij dacht aan Alvia.

Nog steeds in het Grote Huis, of bij Volmen?

Ze zouden natuurlijk samen kunnen zijn op het schip van waaruit Kronos het lot van de Grote Stad en de Planeet regisseerde.

Het raam en het bed, het bed en het raam, tot Frida uiteindelijk, volledig overgegeven, in slaap viel.

Toen hij wakker werd, was het twaalf uur op de nieuwe dag.

Volmen was niet teruggekeerd.

Hij ging naar het raam.

De straat was blijkbaar hetzelfde als elke dag, maar er waren robotwachters die van de ene plaats naar de andere patrouilleerden.

Frida ging daar vandaan.

De intense zoektocht naar Kelf ging door, het was alsof Kronos de volledige zekerheid had dat hij de stad niet had verlaten.

Frida herinnerde zich wat er die dag op het programma stond, maar Volmen stond niet aan haar zijde om haar te helpen de dag te voltooien.

Alles alleen doen?

De Fontein, de wandeling, de bomen, liefde naast het ruisende water van een beek.

Het was belachelijk!

Het eten was klaargemaakt, maar hij kon nauwelijks door een hap heen, en toen hij klaar was, ging hij nog een keer naar het raam.

De Robots-Guardians waren weg.

Glimlachte.

Wacht op de nacht.

Uren van ongeduld, waarin Volmen zich mocht voorstellen, en dat wilde hij op geen enkele manier.

Ga je de straat op?

Ook al wilde hij niet, hij moest wel.

De huidige dag, wat er nog van over was, was voor haar alleen, want blijkbaar was Kronos vergeten haar lot te bepalen, al was het maar voor een moment.

Deed.

Bij de deur, op het trottoir, keek Frida om zich heen en begon te lopen.

Ze was tevreden.

Alles leek kalm, kalm, alsof Kelf niet had bestaan of alsof het feit nooit was voltrokken, maar zo was het niet.

Hij keek terug.

Niets of niemand.

De menigte, arm in arm gaand met de andere menigte van het andere geslacht, of gewoon aan hun zijde, langzaam op weg naar de plaatsen van recreatie, recreatie, van tevoren geprogrammeerd.

Hij raakte zijn borsten aan.

Binnen, tussen het vlees en het materiaal waarmee ze gekleed was, rustte het kosmische straalgeweer, in staat om een van die gebouwen die ze rechts of links van haar had te verpulveren.

Hij sloeg linksaf zodra hij de tweede afslag bereikte en liep verder op het trottoir, schijnbaar onverschillig voor alles wat er om hem heen gebeurde, hoewel het niet zo was, verre van dat.

Hij zag ze, een paar minuten later.

Twee Robots-Guardians, één in elk deurkozijn dat toegang gaf tot het interieur van het huis dat Kelf bewoonde, in het gezelschap van Alvia.

Frida deed een stap achteruit, denkend dat ze het al had voorzien, maar ook zij zouden haar laten ontdekken.

Hij naderde, ging een vraag stellen, maar de Robot was zijn wensen vooruit.

'Jij bent Frida, toch?

"Ik ben degene die je zegt," antwoordde ze, terwijl ze probeerde haar kalmte niet te verliezen.

"Wat wil je?

Zie Alvia.

"Waarom?

De metalen ogen van de Robot waren op de hare gericht en Frida vroeg zich af of hij zijn antwoord, en zelfs zijn sprekende beeld, al aan het Grote Huis doorgaf.

"Het is mijn vriend", antwoordde hij. De voorzitter weet het.

"Is niet genoeg.

"Waarom?
“Ik ben niet geprogrammeerd om vragen te beantwoorden, maar om ze te stellen. Ga weg, Frieda.
Het meisje beet op haar lip.
Waar kan ik het zien?
"Aan wie?
"Naar Alvia.
'In het Grote Huis, maar je zult er niet langs kunnen. Ga naar huis, Frida, en rust uit.
Hij draaide zich om, draaide zich om en liep verder, nu in omgekeerde richting. In een van de hoofdstraten ging hij naar een openbare show, met de geest bereid om het beste te maken van de uren die nog over waren tot het vallen van de avond, maar hij kon niet.
De gedachte, en vooral de herinnering aan Kelf, liet haar niet los.
Ze hield van Kelf, ze had altijd van hem gehouden, maar Kronos stuurde haar om te leven met een Wezen als Volmen.
De sterren, de felle lichten die als zonnen de Grote Stad in een gloeiende gloed veranderden.
Frida begon te lopen.
Steeds verder wegtrekken van wat in de twintigste eeuw het stedelijk gebied van de stad werd genoemd, op zoek naar een uitweg.
Ze wilde geen voertuig nemen, wetende dat de robotbestuurder Kronos vroeg of laat zou bellen met de mededeling dat ze haar op dat uur buiten het huis zouden zien.
Lanceerplatforms ...
Zonder het te weten dacht Frida aan hetzelfde wat Kelf al dacht, om na een paar seconden tot dezelfde conclusie te komen als die.
De president of Kronos zou schepen lanceren om ze te zoeken, ze zouden ze desintegreren lang voordat ze de Melkweg konden verlaten waarin de planeet zich bewoog. Galaxy I. Het was verschrikkelijk.
Twee Guardian-Robots verschenen bijna voor haar en met een doodsbange blik toen haar rechterhand haar borsten naderde, sprong ze in het donkere portaal dat binnen haar bereik lag, een paar meter naar rechts en vooruit. haar.
Hij had het vreemde pistool in zijn hand toen hij een van de muren raakte en lette op zijn metalen treden op het trottoir dat hij zojuist had verlaten.
Ze hoorde hen spreken en haar hart zonk, ondanks dat ze gewapend was.
Maar ze kwamen voorbij.
Frida zuchtte tevreden, legde het wapen weg, verliet het portaal en liep verder.

HOOFDSTUK VII

"Kelf..., Kelf... Ben je daar, Kelf...?
Hij deed nog een paar stappen onder de druipsteenkoepel en fluisterde:
"Kom op, Kelf... ben je daar...?
Toen zag ze hem voor haar ogen verschijnen en uit een van de hoeken van de grot komen, niet glimlachend, maar haar van top tot teen onderzoekend, precies alsof ze haar nooit eerder had gezien.
'Je hebt er lang over gedaan, Frida. Ongeveer twintig uur 'keek hij op zijn horloge'. Elf uur "zei hij", dag of nacht?
'Het is nacht, Kelf. Graveer het in je geheugen, voor het geval ik op een dag niet kan komen. O, Kelf...!
En met een lichte kreet rende ze in zijn armen.
Nadat hij haar had gekust, nog steeds in zijn armen, fluisterde hij:
'Kom, Kelf, we gaan samen eten. Ik heb het nog niet gedaan.
Hij greep haar om haar middel en ze naderden de kleine grot waar ze de nacht ervoor hadden doorgebracht.
"Ga je blijven?
"Ja.
"Dat is gevaarlijk.
"Ik weet.
"En toch...?
"Toch ga ik het doen.
Maar pas halverwege begon Frida serieus te praten.
"Ik was bij jou thuis" begon hij.
Hij keek in zijn ogen.
Kelf's grijzen waren onbewogen.
"Jij...?
'Ik kon Alvia niet zien.
Kelf wachtte, schijnbaar ongeïnteresseerd in wat hij te zeggen had, maar dat was hij niet, en Frida begreep het.
"Er waren Watch Robots-Guardians. Ik sprak met een van hen, Kelf.
Hij bleef zwijgen, dus vervolgde de jonge vrouw:
'Hij vertelde me dat hij in het Grote Huis was. Met Kronos of met de president. Dat ik er niet achter kon komen.
"En Volmen?
Frida trok een gezicht van afschuw.
"Ik ben bij je, toch?
"Is het een antwoord?
'Ja, Kelf. Ik houd van jou; Ik heb altijd van je gehouden, en nu denk ik niet dat je eraan kunt twijfelen,

Maar er was iets belangrijkers dan dat, en dat wisten ze allebei.
Het was Kelf zelf die zijn vinger op de zere plek legde, zoals ze zeggen, door te vragen:
'Hoe lang blijf ik hier, Frida?
Hij keek in zijn ogen.
'Uitgaan betekende voor jou de dood.
"Hier blijven, althans voor mij, heeft dezelfde betekenis.
'Leg me dat eens uit, wil je?
'Dit is prachtig, als het niet zo sinister was, tenminste in zijn betekenis. Je kunt bezoeken ... met een ander Wezen van het andere geslacht.
'Zoals in ons geval?
'Ja, dat is zo, maar voor een paar uur, en niet voor altijd, begrijp je?
"Ik denk het wel" ze keek hem peinzend aan en vervolgde met een vraag: "Wat ben je van plan, Kelf?
En er klonk angst in haar stem, die hij deed alsof hij hem niet hoorde.
"Uitgaan.
"Vanavond? Dat is te gek.
'Vanavond, nee, Frida, want ik heb je hier, maar ik zal het doen zodra je niet meer komt.
"Ik zal het nooit doen.
'Volmen zal je zoeken. U zult het nu doen, als u het nog niet doet. Zodra hij uw afwezigheid opmerkt, zal hij een van de Robots op de hoogte stellen ...
'En daar maak je je zorgen om, Kelf?
'Ja. Niet tegen jou?
"Nee." Hij zweeg even en voegde eraan toe: 'Luister, Kelf, er is een uitweg. Heb je het goed? Hellingen lanceren. Jij hebt het ene wapen en ik heb het andere. We kunnen eindigen met de robotraket en..., en... Ik zal je vergezellen naar de sterren, ik wil voor altijd bij je zijn, Kelf.
"Ze zouden ons afmaken voordat we uit Galaxy I kwamen.
"We zullen samen sterven.
"Dat gaat niet...
Frida onderbrak hem, bijna gewelddadig:
"Het zal zo zijn, het is beslist. Ik kan niet teruggaan naar Volmen's kant. Ik kan en wil niet, begrijp je? "Hij aarzelde een beetje en vervolgde, na een paar seconden stilte": Ik ga proberen om zelf de waakzaamheid te controleren die op de hellingen is, en terug te keren naar uw zijde. Als alles goed gaat, gaan we samen uit en...
"Ga je nu?
Frida glimlachte naar hem.
"Niet doen. Ik vertrek bij zonsopgang, en voor je gemoedsrust zal ik je vertellen dat ik de Grote Stad niet zal binnengaan. Vanaf hier kunnen de

hellingen worden bereikt zonder dat een van de Robot-Guardians me ziet. Kom op , diner afmaken.

Hij reageerde niet, maar zijn behendige elektronische computerbrein werkte op topniveau totdat ze eindelijk gingen eten.

Toen rees de vraag op Kelfs mond:

'Je hebt me nog steeds niet verteld of je Volmen hebt gezien, Frida.

Ze liep naar hem toe, pakte een van zijn handen en dwong hem bijna haar middel te omsingelen.

'Moet dat, Kelf? vroeg hij fluisterend en met zijn lippen over haar rechteroor strijkend.

"Ja, ik denk van wel.

'Oké, ik heb Volmen gezien.

"Jij...?

"Ik kom altijd mijn beloften na,

"Niets meer?

"Kan er nog iets zijn?

'Nee, misschien niet,' antwoordde Kelf bedachtzaam, 'maar ik zou graag willen weten wat er is gebeurd.

Dus Frida legde hem alles uit.

"Niets meer...?

"Maar, Kelf... ik...

Hij kuste hem al zonder de zin af te maken, dus nu duurde de omhelzing tussen de twee lang, en niettemin liet Frida hem met de dageraad precies zoals ze had beloofd.

De rots sloot zich achter haar en voor haar, al verlicht met de helderheid van de nieuwe dag, zag ze het pad dat zou leiden naar die andere die de doorgang sloot en rechtstreeks naar haar huis leidde, zonder de omweg te nemen die ze had gehad. de avond ervoor genomen. om naar Kelf te gaan, en zo te vermijden terug te gaan, voor het geval hij Volmen tegen het lijf liep.

Toen aarzelde

Opnieuw, en nu op klaarlichte dag, moest ze een brede omweg maken, naar de lanceerplatforms, zonder langs, zoals ze Kelf al had verteld, door de Grote Stad, waar ze op haar zouden wachten. Volmen, tussen hen in. Volmen en Alvia.

Ze bleef een paar minuten lopen, haar rechterhand ter hoogte van haar borsten.

Het waren er zes, die uit evenveel punten voor zijn ogen verschenen en toen hij ze zag, begreep hij dat alles verloren was.

Zelfs Kelf, haar minnaar van een paar uur, was dat. Ze hief haar hand op en trok het soort blouse dat ze droeg naar beneden, de stof scheurde en het wapen ontsproot in haar hand.

Gek van angst, doodsbang, de agressie begon vanaf de.
Schieten.
Voor zijn ogen was een blauwe vonk, een tong van vuur, en de Robot-Guardian verdween van zijn netvlies toen de boom direct achter hem een merk werd dat ook in een kwestie van een vijfde van een seconde verdween.
Niet zonder dat Frida de hittegolf op haar rug opmerkte die haar bijna tegen de grond sloeg.
De tweede kosmische straal streek door zijn haar en hij was verdwaald in de berg, met de donderslag, en hij haalde voor de tweede keer de trekker over.
Een andere robot verdween van de planeet, veranderde in veelkleurige vonken, maar Frida zag hem nooit, omdat precies op dat moment een van de stralen haar trof.
Hij merkte niets.
Het is gewoon verdwenen.
Op de grond, waar zijn voeten hadden gestaan, zat alleen een kleine vlek op het gras.

* * *

'Kijk je naar me, Volmen?
"Mij...?
Er viel een stilte terwijl hij naar haar staarde.
Beiden waren in het huis van Kelf, nadat ze opnieuw, maar nu gemeenschappelijk, aan eindeloze vragen waren onderworpen.
Toen verlieten ze het Grote Huis, heel dicht bij elkaar, en na het eten die avond kwam de vraag op haar lippen.
'Je antwoordt niet? Kom op, Alvia, waarom raad je dit?
Ze keek om zich heen.
'Dit alles,' zei hij met een vreemde intonatie in zijn stem. Was het Kronos die het bestelde, of deed de president het gewoon?
"Ik begrijp jou niet.
"Niet doen...?
'Natuurlijk niet, Alvia. Ik heb met Kronos en met de president gesproken. Dat is waar, en dat weten we allebei.
"Over wat?
'Van jou. Ik heb hem gevraagd je mee te laten gaan.
"Jij...?
"Nu dat je hier bent.
'Wat betekent dat ze het accepteerden, toch?
"Ja zo is het.

"Ik hou niet van.
Volmen keek haar verbaasd aan
"Waarom? "Vraag ik." Je hebt altijd van me gehouden, Alvia.
'Ja,' antwoordde ze onverstoorbaar, met angstaanjagende kilheid. Maar niet
op deze manier.
"Is er nog een? Kronos kiest en niets anders. Nu telt Frida niet. Ze zoeken
haar met de opdracht om haar te vermoorden, om haar van de planeet te
laten verdwijnen. Ze weten dat het Kelf heeft geholpen.
"En laat ze weten, je hebt er voor gezorgd, toch?
"Ja, zo is het. Wat ik voel is dat ik niet weet waar hij is.
'Zou je hem willen gaan zoeken?
"Natuurlijk.
"Enkel en alleen?
"Ja.
Alvia liet een paar seconden stilte verstrijken, en toen, plotseling, ging ze
terug naar wat ze eerder had gezegd.
"We hadden het over Kronos.
"Ik weet het. Je zei...
- Dat ik dit niet leuk vond.
"Waarom?
'Omdat mijn gevoelens niet tellen. Noch de mijne, noch de anderen. Alleen
het andere geslacht. De jouwe, Volmen. Het enige wat u hoeft te doen is
vragen, wensen en Kronos zal het inwilligen.
"En vind je het niet leuk?
"Niet doen.
"Niet met mij?
'Zelfs niet met jou, Volmen.
Hij kneep zijn ogen tot spleetjes.
'Je praat als Kelf, Alvia. Het is zo, zelfs als je het niet beseft.
Alvia keek hem boos aan.
"Ik denk niet zoals hij, verre van", verklaarde hij. Het is een gevoel. Een
idee.
'Er zijn geen ideeën, Alvia.
"Dat is wat Kronos zegt, maar denken... Nou, het vervaagt niet. Evenmin
het recht om ideeën te hebben.
"Ze werden gewist toen Kronos de Kracht van de Planeet binnenging.
Alvia wilde geen ruzie maken en toen ze zag dat ze zweeg, stond Volmen
op, liep om de tafel heen en kwam dichterbij.
Zijn grote handen gingen naar haar schouders en Alvia hief haar hoofd op
om hem aan te kijken.

Ze leunde op haar lippen... en ze wilde hem zoals ze nooit iets wilde, maar ze trok instinctief van hem weg toen hij haar probeerde te kussen.
Volmen keek haar aandachtig aan zonder los te laten.
'Wat is er met je aan de hand, Alvia? "Ik vraag.
"Kelf.
Volmen liet haar los en deed een paar stappen achteruit. Toen vloekte hij binnensmonds.
"En Kelf?
"Leeft nog steeds.
“Dat telt niet voor Kronos.
"Maar ja voor mij", verliet hij de plaats waar hij zat en confronteerde hem openlijk door toe te voegen: "Als je wilt, Volmen, kun je het de president vertellen. Dood Kelf en je hebt me, maar niet eerder.
'Dat ga ik je niet vertellen. Noch Kronos, noch ...
Ik luisterde niet meer naar hem.
Alvia draaide zich om en liep van hem weg, op weg naar de deur die naar de slaapkamer leidde.
Volmen bewoog niet, keek haar alleen aan, tot hij haar plotseling riep.

HOOFDSTUK VIII

De vier keken elkaar aan.
De stilte was indrukwekkend, totdat een van hen die verbrak met een vraag:
'Heb je de rots gezien?
"We hebben het gezien.
En Kelf loopt misschien achter.
"Kelf loopt achter" bevestigde de vierde. Maar je moet voorzichtig zijn.
Kronos heeft iets voor hem voorbereid, veel erger dan de dood.
"Je weet wel?
'Niet doen. Alleen het bevel. Het moet levend zijn, anders zal het ons vernietigen.
Ze spraken niet meer.
De vier Robots-Guardians begonnen zich van elkaar te scheiden en volgden een sterfelijke halve cirkel, met in het midden de enorme rots die de ingang naar de ingewanden van de planeet afsloot.
Toen stopten ze.
De afstand was handig.
Nu of nooit.
De Robot-Guardian-Chief dacht van wel, maar zei het niet.
Hij hief gewoon zijn gewapende hand op en de bliksem ging af.
De rots maakte een klik, een vonk en barstte helemaal in de lengte en in de breedte, maar gaf niet mee.
'Jullie moeten nu voorzichtig zijn', zei hij tegen de anderen die, als standbeelden, volkomen onbeweeglijk, het tafereel aanschouwden.
Hij stelde het pistool af en hief het op.
Aan de andere kant van de rots, in het midden van de grot, sprong Kelf opzij, de zijne dragend, en klampte zich aan een van de muren vast, de ogen aan de andere kant gericht, in de richting van de ingang, die afgesloten leek te zijn. en zingen.
De grond schudde.
Boven zijn hoofd kraakten de stalactieten onheilspellend.
Nog een salvo van dat soort, en het dak zou instorten en hem begraven.
Hij dacht aan Frida.
Wat was er van Frida geworden?
Hebben ze haar daar weg zien komen?
Het was het veiligste om te doen, en ze waren haar gevolgd naar de ingang van de grot, maar niet lang genoeg om naar binnen te gaan.
De rest, de rest, was angstaanjagend eenvoudig.

Terwijl ze, zich niet bewust van wat er buiten gebeurde, van elkaar hielden en elkaar omhelsden, had de Dood hen gestalkt.
Alvia en Volmen in het Grote Huis.
Frida had het hem verteld, en Volmen...
Wel, hij kon de president op de achtergrond zetten, terecht vermoedend dat ze bij hem was, dat ze gevolgd moest worden, dat er...
Iets als een verre donderslag brak voor hem uit, hij zag het licht, dat hem bijna verblindde, en de ingangsrots verpulverde, waardoor de brede opening zichtbaar werd.
En de helderheid van de zon, aangetast door stof en puin dat van het plafond begon te vallen.
Zich vastklampend aan de muren, transpirerend, de misselijkmakende geur van gesmolten steen inademend, wankelde Kelf een paar stappen in de richting van de opening die hij nu volkomen duidelijk begon te zien.
Met elke seconde die voorbijging met meer duidelijkheid, en terwijl het stof afnam, terwijl achter hem, terwijl hij het achterliet, het plafond begon in te storten, met het geluid van de hel.
Buiten, heel dicht bij de ingang, waren de vier Guardian-Robots hun wapens aan het aanpassen om NIET TE DODEN.
Binnen, met zijn rug tegen de ruwe randen van de rots gedrukt, gleed Kelf naar de uitgang.
Hij wist dat hij zich moest haasten, anders zou hij haar nooit inhalen.
"Kelf...
Ik antwoord niet.
Achter hem nam de donder van de ineenstorting in intensiteit toe.
De hele berg zwaaide.
'Kelf... Ga daar weg, Kelf... of je gaat dood. Kronos wil je spreken. Hij wil dat je jezelf voorstelt aan de Raad. De president wil het ook.
Hij dacht aan Frida.
Wat hadden ze met Frida gedaan?
En hij antwoordde niet.
Hij liep verder, de korte, dikke loop van het geweer wees recht vooruit en zijn vinger strak op de zelfontspanner.
Hoeveel aanklachten had hij nog?
Hij wist het op dat moment niet en het kon hem ook niet schelen.
De grond spleet bijna voor zijn voeten uiteen en hij wankelde verder en greep de richels van de rotswand met de vingers en nagels van zijn linkerhand.
De beweging van de grond stabiliseerde.
Het was een paar seconden, misschien minder, en misschien zou het helemaal opengaan en het meenemen naar de diepten van de planeet.

"Kelf...
Het geluid maakte hem bijna doof, dus hij hoorde die nieuwe oproep niet.
Op een paar meter afstand van zijn lichaam viel er iets van het plafond en de stofwolk omhulde hem, waardoor hij moest hoesten.
Toen sprong hij, maar hij landde niet op zijn voeten aan de andere kant van de deuropening, maar rolde op zichzelf, terwijl de stralen die ze nu op hem afzonden, verlammend, vermoedde hij, lichte klikken om hem heen maakten.
Hij opende het vuur.
Een, twee, drie en zelfs vier keer, en hij zag ze branden in een helse gloed en uit zijn gezicht verdwijnen, zoals Frida misschien verdween.
Hij stond op en haalde diep adem.
Achter hem, altijd achter hem, stortte het plafond van de grot in met een verschrikkelijke klap, en de seismische beweging die het veroorzaakte, wierp hem eerst op zijn gezicht en rolde toen enkele meters weg.
Gebroken, hijgend, bezweet, gekneusd en bekrast, stond Kelf op en hield het wapen nog steeds vast.
Na de aardbeving na de donder van de ineenstorting was de stilte indrukwekkend.
Kelf keek om.
Meer dan een halve berg was verzonken in het binnenste van de planeet, en voor zijn ogen was er alleen een desolaat panorama van gebroken rotsen, verbrijzelde bomen en spleten, afschuwelijke scheuren in de aarde en in de rotsen.
Hij wendde zijn ogen af en keek om zich heen.
Kelf belde Frida.
Een keer, twee keer, nog een paar keer, en dan besteedde hij meer dan drie uur aan het zoeken naar haar, totdat hij zichzelf ervan overtuigde dat hij haar niet meer zou zien.
Toen begon hij te lopen.
Het zogenaamde moderne laboratorium van het einde van de twintigste eeuw, in zijn verre tijd.
Het dodelijke gas, bij toeval ontdekt, de explosies uit de glazen buis in zijn handen...
Hij liep verder naar de ingang die toegang gaf tot de tunnel die hem naar Frida's huis zou leiden.
Volmen zou er zijn, op haar wachten, maar ze zou nooit komen.
Frida had voor eens en altijd al haar afspraken afgezegd.
Het gas... de explosie, en later het ontwaken.
Het centrale ziekenhuis van het vermiste Washington, de federale hoofdstad van de Verenigde Staten van Amerika.

Het bed en zijn ogen...

Zijn ogen; hij had zijn gezichtsvermogen verloren.

Het verband om zijn hoofd en de mutatie.

Er was geen hoop, maar de mutatie vond in hem plaats, zonder dat daarvoor menselijke middelen werden gebruikt, en zijn ogen kregen weer helderheid, zicht.

Het dodelijke gas, de verloren formule... en zijn geheim...

Dan het Washington Research Center en al het andere.

Generaties lang werden zijn dode cellen uit zijn lichaam gespoeld door levende, en zijn biochemische samenstelling werd voortdurend vernieuwd... als in een eeuwenoude nucleaire kettingreactie.

Dat was zijn lichaam, een kettingreactie van de miljoenen cellen waaruit het bestond, waardoor een leven ontstond dat oneindig zou kunnen duren... als Kronos niet anders besliste, en dat had hij blijkbaar al besloten.

De gang, de voordeur.

Het kostte Kelf uren om bij Volmens huis te komen, maar nu was zijn bezoek van een ander soort. Ik kon Frida daar niet meer zien, maar Volmen wel. Zelfs als hij het niet wilde, zou hij haar vertellen wat de Raad dacht.

Alles wat hij wilde weten, inclusief het aantal Guardian-Robots op de hellingen, en als hij kon... het doel waren de sterren.

Misschien was daar een ontsnappingsroute.

De deur, die zijn weg sluit.

Met andere woorden, het luik boven je hoofd.

Kelf duwde haar omhoog en luisterde zonder het wapen te laten vallen.

Hoeveel kosten heb je nog...?

Hij was niet eens klaar met het stellen van de vraag, de stilte in het huis was absoluut, dus hij tilde hem op en ging de kamer binnen.

Hij herinnerde zich Frida.

Hij herinnerde zich haar toen hij het huis doorzocht.

Volmen was er niet.

In zijn, liefhebbende Alvia?

Het was mogelijk als het bevel van Kronos of de president was gekomen.

De straat.

Hij klampte zich vast aan de muren en liep, terwijl hij probeerde in de schaduw te blijven, met zijn rug tegen de gevels van de huizen gedrukt, in de Grote Stad die nu, door zijn stilte, leek op de Stad van de Doden.

De deur.

Kelf aarzelde.

Overal om hem heen, stilte.

Ze waren nog steeds naar hem op zoek.

Dat was alles; Kronos wilde dat de straten volledig vrij waren van voetgangers en wegverkeer.
Alleen de Robots-Guardians zouden mogen passeren, te voet of in raketvoertuigen.
Hij rommelde in zijn zakken.
De sleutel; Ik had het nog.
Hij opende, sloot op dezelfde manier, zonder een enkel geluid te produceren, en ging de gang binnen, vooruit naar de zogenaamde eetkamer, waar de stoelen en tafels uit de vloer kwamen, door op een simpele knop te drukken, vanaf een van de panelen aan de de muur.
Niets van dit alles was in zicht, dus vermoedde hij dat zowel Alvia als Volmen opvielen door hun afwezigheid.
Hij liep de kamer door en de slaapkamer in.
Daar wachtte hij tot hij hen hoorde binnenkomen.
Kelf liep naar de deur en luisterde.
Een half uur... een?
Misschien was het veel minder toen hij daar vandaan ging om aan de andere kant van de slaapkamer te gaan staan.

* * *

"Alvia.
Met haar hand langs de deur, draaide ze zich om en keek hem aan. "Ja.
Het kwam niet.
Volmen dacht van wel, maar zei het niet.
'Dat telefoontje...' begon hij.
Hij zag haar glimlachen.
Hij vermenselijkte zichzelf, zoals hij geloofde.
"Je hebt het gedaan. En je loog tegen Kronos.
'Iedereen liegt tegen Kronos... maar hij weet het niet. Het is het enige dat je niet kunt weten. Aan de andere kant bracht je me op het idee.
"Ik weet het. Maar het was gewoon dat, een mogelijkheid.
'Je hebt bewezen hem goed te kennen... of je leest zijn gedachten.
'Ik lees niets in mijn achterhoofd, Volmen, maar zoals je zegt, ik ken Kelf, ik wist dat hij iets van plan was, en ik heb het je verteld. De rest... was jouw werk. Nu, als ik het mis had... Hij lachte.
“Dat zou ook zijn gebeurd. Kronos zou op dezelfde manier hebben gehandeld. De telefoniste en dat telefoontje van het andere continent waren genoeg om Kelf te vernietigen, ook al was het een leugen. Begrijp je dat

'Ja, ik denk het wel,' zweeg hij, wat Volmen niet onderbrak, en na een paar seconden stilte voegde hij eraan toe: 'Het kwam van de sterren, zoals je zegt, toch?' Hoe hoe ...?

Volmen deed een stap naar voren en zij deed nog een stap naar hem toe.

Hij lachte nog een keer toen ze elkaar aankeken, bijna ontroerend.

"Ik gebruikte een van de rampschepen. Ik heb de raketrobot vernietigd en...

"Volmen!

'Er is geen gevaar, Alvia. De reis duurt slechts enkele minuten ... lange afstand, en de waarschuwing aan Kelf. Ik wou dat iemand de oproep zou opnemen, voor het geval je het bij het verkeerde eind had, maar dat was niet zo, en Kelf deed, ondanks alles, zoals je verwachtte. Toen... Nou, na het telefoontje kwam ik terug. Kwestie van minuten, Alvia.

Hij kwam dichterbij, wat volkomen onmogelijk leek.

En ze zagen me niet. Noch bij vertrek, noch bij terugkeer. Ik kon het vanaf hier doen. Vraag naar het continent en daardoorheen het huis van Kelf in de Grote Stad, maar de telefoniste zou het gemerkt hebben. Nu zijn we het allebei.

Ze zei niets, maar deed een stap achteruit en trok zich een beetje terug.

"Alvia.

"Ja?

"Ik blijf. Snap je het goed?

Schudde zijn hoofd.

'Kelf is er nog, zoals ik je al zei.

Hij deed een stap achteruit; naar de deur.

Volmen bewoog niet, hij staarde haar alleen maar aan.

"Kronos zei...

'Dat heb je me al eerder uitgelegd, en het antwoord is hetzelfde.

"Kelf...?

'Zo is het. Hij telt niet, maar hij leeft voort. Hij en Frida.

'Het kan Kronos niet schelen.

Ze deed de deur open toen ze haar hoofd schuin hield om hem aan te kijken.

'We hebben het hier eerder over gehad, Volmen.

Hij maakte hem open en Volmen stond daar in het midden van de kamer, zijn ogen op zijn rug gericht.

Hij zag ook hoe hij die sloot, nadat hij de drempel had overschreden.

* * *

Alvia deed de deur open.

Hij haatte Alvia; Hij had haar altijd gehaat, en niet vanwege zichzelf, maar vanwege Kronos.

Toen kwamen de kinderen, en hij haatte haar nog meer; bijna met een irrationele haat, typisch voor een smerig beest
Wat haatte ze hem.
Daar was Kelf zeker van.
Het sloot zich achter haar en ze knipperde een beetje toen ze het licht aandeed.
"Uw!
Het was een fluistering, heel zacht, maar toch hoorde hij het volkomen duidelijk.
Hij wees naar haar en zij keek hem met grote ogen aan.
"Sinds...-, sinds wanneer ben je hier, Kelf...?
Een nieuw gefluister, maar helder, helder als de glazen buis die millennia geleden in zijn handen was ontploft en zijn blindheid had veroorzaakt.
'Het is lang geleden, al weet ik het zeker niet. Kom op, Alvia, ga je gang en ga zitten. Daar op het bed. Het is een goede plek voor jou; het beste.
"Kelf...
"Ga zitten.
"Kelf...
"Ja...?
"Wat... wat ga je met me doen?
"Ik zou in één keer klaar kunnen zijn, maar dat wil ik niet. Ik wil het niet, ondanks alles, begrijp je? Maar ik kan van gedachten veranderen. Dat is aan jou om te beslissen.
"Wat moet ik doen? Weet je van het telefoontje...?
Kelf reageerde, waarbij hij de volgorde van de vragen omdraaide, door het antwoord te geven:
"Ik heb het gehoord. Wat betreft de andere... ga zitten.
Ze reageerde even niet, ze liep naar hem toe, passeerde hem, wreef tegen hem aan, ook de loop van het wapen, dat haar steeds tussen haar borsten wees, en ging zitten waar Kelf aanwees.
Nadenkend of Kelf zou weten dat Volmen in de aangrenzende kamer was, waarin hij als eetkamer diende, en hij zei ja, omdat hij beweerde dat hij wist van het telefoontje van het vasteland; Ik had het gehoord.
Maar wat hij herhaalde was:
"Wat ga je met me doen?
"Gesprek.
"Alleen dat?
"Ja.
Alvia keek om zich heen.
'Ze zoeken je, Kelf. Kronos zoekt u over de hele wereld.

"Dat betekent dat ze denken dat ik erin geslaagd ben te ontsnappen uit de
Grote Stad.
'Dat betekent niets, en dat weet je.
Het was een waarheid; meer dan dat, een grote waarheid.
"Ik weet het", antwoordde hij, "wat ga je met me doen? Je weet het. Je was
in het Grote Huis, met Kronos en Volmen.
"Ik hou van Volmen.
"Ik weet het" glimlachte hij. Ik hoorde je onlangs zeggen dat ik je niet zou
hebben voordat ik vermoord was. Als hij dat doet, zullen Alvia, Kronos en
de president jullie twee afmaken.
"Ik weet het ook.
"Het was een verandering van gesprek en Kelf wilde het niet, dus ging hij
door zoals in het begin.
'Spreek, Alvia,' zei hij. Ik luister naar je. Wat denkt het Grote Huis?
"Ik weet het niet. En nu kun je me afmaken, Kelf. Ik zal niet met je ogen
knipperen of trillen. Waar wacht je nog op?
"Nog een vraag.
"Ja...?
'De robotbewakers van de hellingen, Alvia.
Ze keek hem met grote ogen aan.
'Je bent gek, Kelf, als je denkt dat je de planeet zo gaat verlaten!
"Ik zal het proberen..., en misschien zal ik besluiten je mee te nemen.
"Kronos zou het niet toestaan.
'Maar ik wel... en hij is erg ver... ondanks dat hij zo dichtbij is. Tenminste
voor jou.
Hij dacht aan Volmen, die niet binnenkwam, die daar was, een paar meter
bij hen vandaan, en die ook een wapen bij zich had.
Exacte replica van degene die Kelf in zijn hand hield.
"Je gaat het niet doen.
"Waarom?
'Omdat ik je zou vermoorden, Kelf, zelfs als het in de buurt van de sterren
was. Je hebt me altijd gehaat omdat ik je nooit een kind wilde geven en
omdat Kronos me naar je toe stuurde, toen je Frida wilde.
Sta op, Alvia.
"Dat...?
"Dat je opstaat ..., en naar de deur loopt
"Waarvoor?
"Ik wil Volmen zien. Ik weet dat het er is sinds het bij jou binnenkwam.
Kronos heeft hem gestuurd, maar niet voor wat jij denkt.
"Wat bedoel je?

'Kronos is nog niet zeker van je, van je deelname aan mijn poging om hem te vernietigen, en hij houdt je in de gaten. Niemand beter dan Volmen om het te doen. Er zijn geen gevoelens, ze zijn verboden op de planeet, Alvia, maar niet wanneer het Kronos uitkomt. Dat is de waarheid.
“Dat kun je niet bevestigen.
'Mag ik. Ik ben de enige die dat kan, en dat weet jij ook.
Alvia stond op, verliet de rand van het bed, draaide zich om naar de deur en begon te lopen.

HOOFDSTUK IX

Hij deed maar twee of drie stappen, bleef staan en keek hem aan:

'Wat wil je van Volmen, Kelf? Hem vermoorden?

'Ik ga je vertellen over Frida. Hoe Kronos het uitmaakte met haar. Kom op, loop.

Alvia draaide de andere kant op, deed nog een stap en de deur zwaaide open om Volmen in de deuropening te omlijsten.

Ze legde haar handen op haar borsten, deed een stap opzij, en ze drukten allebei tegelijk op de trekker, en de twee kosmische stralen vonden hun bestemming.

Volmen verdween met een lichtflits, de muur achter hem nadat hij letterlijk de zogenaamde eetkamer had geboord, de deur die toegang gaf tot de straat en daar verloor hij tegen de muur van het huis aan de overkant, niet zonder een enorme kloof, stomme getuige van zijn passage.

Van zijn kant ontving Kelf hem met zijn volle borst, draaide zich volledig om en viel op de grond met zijn armen en benen gekruist, als een onsamenhangende pop.

Met grote ogen, naar haar kijkend, haar duidelijk ziend, maar niet in staat om te bewegen of een woord uit te brengen.

Zich bewust van wat er om hem heen gebeurde, maar volledig verlamd.

Hij zag haar over hem heen leunen, glimlachend, steeds meer naar zijn lippen leunen, hem kussen, het pistool uit zijn hand pakken en dichter bij het wandpaneel komen.

Hij vouwde hem open zonder zijn glimlach te verliezen, hij pakte de automatische microtelefoon, bracht hem naar zijn mond en zei:

'Kelf is hier bij mij. Kom hem zoeken.

Ze draaide zich om om hem aan te kijken, nadat ze het paneel had gesloten, en naderde.

'Ik weet dat je me hoort, ook al kun je me niet zien, Kelf, begrijp je dat? En dit is je einde. Ik... Ik ga lid worden van de Raad. Ik zal je plaats aan tafel innemen en jij... je zal verdwijnen,...

Ze klopten op de deur.

Hij stapte bij haar vandaan en opende het.

Kelfs ogen volgden haar zelfs in haar kleinste bewegingen, terwijl ze tegenover de twee Guardian-Robots stond die hem kwamen halen,

Ze was mooi, heel mooi, maar hij haatte haar.

Hij had haar altijd gehaat.

En hij glimlachte nog steeds toen ze hem kwamen ophalen.

Maar hij vergezelde hem niet naar het Grote Huis.

Het bleef daar, waarin ze een paar jaar of drie hadden gedeeld, Kelf wist het niet zeker omdat de tijd voor hem niet telde met de mooie, schuine ogen gefixeerd op de opening die de kosmische straal opende die hij op Volmen lanceerde .
Misschien dacht ze aan hem, misschien herinnerde ze zich het verleden, zijn liefkozingen en kussen; Of misschien was het gewoon dat hij, na wat er was gebeurd en toen hij zag hoe ze hem meenamen, niet wist hoe hij moest reageren.
Of misschien dacht hij aan Volmen, die hij nooit meer zou zien. Kelf wist het niet.
Hij was op weg naar het Grote Huis toen hij het bewustzijn verloor.

* * *

Ze hadden hem niet vastgebonden.
Dat was het eerste gevoel dat hij ervoer toen hij het terugkreeg, en hij keek om zich heen.
Ze zaten allemaal rond de tafel, precies hetzelfde als hij.
Maar niet in dezelfde stoel die hij andere keren bezet had, niet in die van de Verdoemden.
Voor zijn eigen ogen, de ogen van de president en de indrukwekkende stilte.
Hij haalde diep adem en wachtte.
Het was niet veel.
De stilte werd door de president zelf verbroken met een vraag:
'Ben je bereid, Kelf?
Hij wist wat het allemaal betekende, dus antwoordde hij kalm:
"Ja.
Hij draaide zijn hoofd en toen zag hij hen.
Een dubbele rij Robot-Guardians stond langs de muren, wapens in de hand.
Generaties lang had Kelf zich belangrijk gevoeld, maar nooit zoals deze keer.
Kronos en de Grote Raad waren bang.
Ze waren bang voor hem; met andere woorden, ze wisten niet zeker wat hij tegen hen kon doen, ondanks dat ze hem daar zagen, volkomen weerloos.
Hij keek naar de voorzitter.
De verzonken oogkassen, gefixeerd in zijn ogen, fonkelden als diamanten.
"Kom binnen Alvia.
Hij wist niet aan wie hij het bevel gaf, noch draaide hij zijn hoofd om om te kijken.
Heel eenvoudig, Kelf bleef wachten, zich bewust van wat zijn lot vanaf nu zou zijn, maar hij had het de hele tijd bij het verkeerde eind.

Ze hoorde een zwak gezoem, links van haar, en vermoedde dat de muur naar
één kant openging om haar door te laten, maar ze keek niet.
Hij bleef onbeweeglijk, onbewogen.
En het ging op dezelfde manier verder toen Alvia in het bereik van zijn ogen
kwam en de tafel naderde.
Ze stopte, haar handen op haar rug, koud en onbewogen, afstandelijk, in
stilte, wachtend op de volgende vraag die niet lang op zich liet wachten.
'Wist je dat Kelf Kronos zou vernietigen?
"Niet doen. Hij heeft het me nooit verteld
"Waarom?
'Kelf haatte me.
"Leg dat uit.
"Hij heeft gevoelens. Hij heeft ook ideeën en dat is verboden op de planeet.
En die gevoelens gingen naar Frida, die bij Volmen woonde.
"Wat nog meer?
'Hij heeft nooit kinderen gewild en Kronos heeft ons bevolen ze te krijgen.
"Spreek je de waarheid?
"Ja
Er viel een korte stilte, die de president, in zijn rol als ondervrager, verbrak:
'Heb je gezien hoe hij Volmen vermoordde?
"Ja. Kelf deed het voor mijn ogen.
Weer een nieuwe pauze, die de president eindigde met nog een vraag, maar
deze was gericht aan Kelf:
'Wat heb je nog toe te voegen aan wat Alvia zei, Kelf?
"Elk.
Alvia keek hem verbaasd aan.
Ongetwijfeld had hij dat antwoord niet verwacht, dat op een koude en
onpersoonlijke toon werd uitgesproken, alsof het hem inderdaad niets kon
schelen dat het proces tegen hem werd gevoerd voor de leden van de Raad,
waartoe hij behoorde totdat hij het idee kreeg van Kronos vernietigen.
"Je kunt naar huis gaan, Alvia", antwoordde de president. En wacht daar.
Kronos zal u waarschuwen. Gaf geen antwoord.
Zwijgend draaide hij zich om en liep naar het paneel. Het gezoem herhaalde
zich, maar Kelf keek er niet eens naar.
Net als enkele minuten daarvoor waren zijn ogen gericht op de voorzitter,
die hem weer aankeek, terwijl de andere leden sprakeloos bleven, maar
zonder op te houden hem te observeren:
"Waarom wilde je Kronos vernietigen?
"Hij maakt een einde aan de Robots-Wezens. Op de een of andere manier
doet het dat wel.
"Wat bedoel je?

Kelf liet een paar seconden stilte verstrijken voordat hij antwoordde, toen hij eindelijk deed, ging zijn stem een beetje omhoog:
"Het verandert ons in Robots en neemt ons Wezen weg. U, president, al die mensen en ik. En die van het andere geslacht.
'Dat zijn ideeën, Kelf.
'Ik heb ze, en er kan niets aan gedaan worden. Je kunt er niets aan doen, en dat weet je. Kronos ook.
"Hij is de enige die ze kan hebben. Kronos denkt na.
"Ik weet het. Maar ik gaf hem mijn ideeën, mijn kracht, nu kan hij me niet vragen om ze niet te hebben. U, en een paar anderen zoals u, president, hielpen me met de taak en toen creëerde hij de machines. Om de robotwezens, die door een vreemde paradox in de planeet geloven en deze tegelijkertijd vernietigen.
"Ik begrijp dat niet.
"Niet doen...? Nou, als dat zo is, president, ga dan zelf naar een van de desintegrators en eindig met jezelf. Het is een oplossing. Kronos beveelt en de anderen gehoorzamen. Dat was het idee, maar tot op zekere hoogte. Wij We kunnen niet denken, we kunnen geen ideeën hebben en we worden tot in de kleinste details gecontroleerd, zelfs in de liefde, daarom moet Kronos vernietigd worden.
Er klonk een gemompel, dat even snel werd afgebroken als het was begonnen toen de president een van zijn handen ophief en hem met een vreemde gefixeerdheid aanstaarde.
'Je bent gek, Kelf! "Was wat hij zei, na een paar seconden stilte.
Kelf stond op en domineerde ze met zijn gestalte met de kracht die leek uit te stralen van zijn titanenfiguur.
'Ik heb ideeën, president', zei hij koeltjes. Ideeën die de planeet zullen veranderen.
'Kronos wil het niet, Kelf. En dat is alles.
"Alles...?
"Je kunt geen ideeën hebben. Die zijn van Kronos. Daarom ben je een gevaar, dat moet verdwijnen. Hij werd een denker en nu doet hij het voor iedereen. Het zijn de regels. Hij gaf je ook Alvia, en jij wees haar af. Je hebt zijn verklaring gezien, Kelf, en dat is op zich al het einde. Het vonnis is... dood, maar je gaat niet dood.
"Niet doen...?
Er klonk vreemdheid in zijn stem, maar geen van beiden merkte het.
"Niet doen. Kronos geeft je iets meer ... spectaculairder. Draai je de rug toe.
"Wat je moet doen, is rechtdoorzee.
Er was een aarzeling, een lichte twijfel, die de president afsneed:

'Er zal je niets overkomen, Kelf. Het zijn orders van Kronos, en hij liegt niet. We willen alleen dat je één ding zelf ziet.
Op dat moment hief Siegel zijn hand op en het afgrijselijke gezicht van de president keerde zich naar hem toe.
'Wil je een vraag stellen, Siegel? Hij vroeg.
"Eentje maar.
"Maak het.
Hij keek naar Kelf.
'Er was een telefoontje van het vasteland, Kelf,' zei hij. De telefoniste zei dat iemand je had gezegd iets niet te doen. Was het de vernietiging van Kronos?
"Ja.
"Wie was je communicator?
"Ik weet het niet.
Siegel dacht snel na, misschien beseffend dat het niet slechts één vraag was die hij stelde, maar meerdere, en hij lanceerde er nog een:
'Je bedoelt dat je de identiteit niet kent van het ding dat van de sterren kwam om met je te communiceren?
"Van de sterren ...? "Hij lachte en voegde eraan toe toen de overdaad aan hilariteit het hem liet doen": Niemand kwam van de sterren om me te waarschuwen. Dat is weer een leugen voor mij. van Kronos en de Grote Raad.
'Dat is het, president,' antwoordde Siegel.
Maar hij deed het toen hij al met zijn knoestige handen op tafel stond en naar hem staarde.
'Het proces is voorbij, Kelf,' zei hij. En draai nu je rug naar de tafel. Ik moet je iets laten zien.
Hij twijfelde niet meer.
Het deed het langzaam, terwijl er weer een licht gezoem klonk, maar anders dan het geluid dat voorafging aan Alvia's binnenkomst in de Grote Raadszaal.
Voor hem, op nog geen halve meter afstand, begon de grond te stijgen en verscheen een metalen tafel.
Een tafel en een glas met een kleurloze vloeistof erin.
'Drink dat maar, Kelf.
Het gezoem was gestopt en de tafel stond stil.
'Is het de dood?' vraag ik.
'Het is de Reis, Kelf. Kronos gaat je niet vermoorden.
Wat betekent die reis?
"Drink en je weet het.

Hij haalde zijn schouders op, stak zijn hand uit; hij nam het glas of het equivalent daarvan en bracht het naar zijn lippen.

Kelf dronk.

Hij merkte noch geur noch smaak, en maakte een beweging om naar de tafel te draaien, maar kon de draai niet afmaken, want voor zijn geest vertroebelde hij, en hij viel rollend op de grond.

Hij werd veel later wakker, uren, dagen, maanden of jaren later.

Kelf was de tijd-ruimte uit het oog verloren.

Hij keek om zich heen en ervoer het gevoel dat hij in leegte zweefde en dat zijn lichaam op iets zachts lag.

Hij keek en zag de riemen.

Een stapelbed.

EN BEGREPEN!

Kronos had niet gelogen.

Hij was op reis, misschien naar de sterren, en hij vroeg zich af waarom.

Zijn geest, volkomen helder, stelde vraag na vraag, terwijl zijn handen, onafhankelijk van zijn hersenen werkend, naar de banden gingen.

Hij stond op.

Hij droeg magnetische zolen, waardoor hij aan de vloer van de ronde cabine bleef plakken.

Circulair en enorm.

De reis zou lang zijn.

Hij begreep het toen hij het bedieningspaneel zag, waar de lichten aan en uit gingen, het tv-scherm en vooral de bedieningselementen.

Hij wist hoe hij met ze moest omgaan.

Kelf liep naar de panelen.

Hij opende er een, stak het schip over naar de andere kant en herhaalde de handeling met de tweede.

Heldere sterren en zwartheid van de hel.

De Kosmos aan beide kanten, en de indrukwekkende stilte van de ruimte die ook het ruimteschip leek te hebben overgenomen waarin hij zich op dat moment bevond.

Zelfs wanneer?

HOOFDSTUK X

Kelf probeerde ze op zijn netvlies te fixeren en vergeleek ze met de duizenden en duizenden die hij op eerdere reizen had gezien, maar het lukte niet.
Sterren en sterrenbeelden, die door de ruimte leken te rijden, snel achteruit, altijd achteruit.
Daar liep hij weg.
Het gevoel van gewichtloosheid bestond niet in het ruimteschip.
De lichten bleven flikkeren voor zijn ogen, afkomstig van het dashboard, en het televisiescherm bleef helemaal leeg.
Een van de knoppen indrukken, proberen in contact te komen... met wie?
Met niemand.
Er zou geen contact zijn.
Hij kon het schip echter omdraaien en terugbrengen naar de planeet.
Maar nee, dat zou ook niet kunnen; Kronos en de president zouden alles hebben gepland, zodat hij niet zou terugkeren, of anders zou hij al zijn gestorven.
Zoals Frida.
FRIDA!
Hij was haar helemaal vergeten.
Langzaam naderde Kelf het bedieningspaneel en zijn vingers, onafhankelijk van de dictaten van zijn hersenen, friemelden aan de knoppen, terwijl zijn gretige ogen alles voor hem in zich opnemen.
De besturing van het ruimteschip tot in de kleinste details bestuderend, maar zonder de vraag die hem achtervolgde uit zijn hoofd te kunnen zetten.
Waar stuurden ze hem naartoe? Wat was zijn baan?
Door de kosmos, zonder verder?
Ik wist het niet, ik wist het niet.
Terug terug ...
Hij wist dat hij dat niet kon, om de hierboven genoemde redenen, en toch greep Kelf na een paar lange seconden van aarzeling een van de bedieningselementen en trok zich naar zich toe, in een poging het intersiderale schip van zijn pad af te leiden.
Het is niet gelukt.
Omgekeerd probeerde hij hem een bocht naar links te laten maken, kijkend naar de elektronische wijzerplaten, en nu deed hij dat, maar het was heel weinig.
Drie graden niet meer, maar in haar eentje, zodra ze de hendel losliet, zette ze koers en liep verder in de leegte.

Precies op dat moment lichtte de rode indicator op het scherm voor hem op en, hulpeloos, realiseerde Kelf zich dat hij zou gaan branden, en hij hield zijn adem in.
Het was zo.
Eerst op een verwarde manier, en later met volmaakte duidelijkheid, zag hij voor zich het dode gezicht van de president.
Naast hem de altijd mooie Alvia, die naar hem lachte.
"Hallo, Kelf, ik neem aan dat je geniet van de reis. Zoals ik je beloofd heb voor de Grote Raad, je bent niet gestorven, maar je bent op weg gegaan. En je zult niet terugkeren naar de planeet. Probeer het niet, zoals voorheen, want je zult falen.
Kelf antwoordde niet.
Zijn ogen leken alleen naar Alvia te kijken, misschien omdat hij wist dat zij hem ook zag, misschien duizenden kilometers verderop.
'Hoor je me, Kelf?
Nu antwoordde hij:
"Perfect.
"Probeer het niet, want...
“Ik heb het al gehoord.
"Enige opheldering?
"Sommige. Ik zou graag willen weten...
"Ik weet wat je wilt weten, Kelf," onderbrak de president, "en ik ga het je vertellen. Luister goed, dat dit het eerste en laatste contact met je is, dus er zal geen gelegenheid zijn om het te herhalen. Zijn ben je klaar?
"Ik ben.
'Er is geen baan in de reis, Kelf. Nee, dus het kan miljoenen jaren meegaan, totdat het schip waarin je reist uiteenvalt omdat het oud is of gaat botsen met een asteroïde of met een van de planeten die je onderweg tegenkomt "hij pauzeerde en vroeg" : Samen aan je linkerhand zit een gele knop, Kelf, zie je die?
"Ja.
“Het zal vier keer oplichten als je door de ruimte loopt. Slechts vier, met tussenpozen van elk drieduizend lichtjaren. Alleen dan kun je het schip besturen zoals je wilt, en wel vierentwintig uur lang. Lang genoeg om een planeet te vinden om op te rusten... om te blijven, als je dat wilt. Als je het niet leuk vindt, zal het genoeg zijn om voor die vierentwintig uur terug te keren, want als je dat niet wilt, zul je voor eens en altijd moeten blijven, omdat het schip helemaal alleen zal vliegen. En onthoud één ding, of je nu binnen bent of niet, je zult de planeet nooit bereiken omdat de automatische piloot, die alleen vanaf hier kan worden losgekoppeld, hem na de opgegeven tijd op de koers houdt die nu verder gaat . Nog iets, Kelf?

'Maar één ding,' antwoordde hij snel, en met een kalmte die zo koud was dat duizenden kilometers verderop, deed hij Alvia haar ogen openen, in ongewone verbazing.
"Ik hoor je.
"Wat gebeurt er als geel voor de laatste keer schijnt?
"Je kiest een andere planeet, een andere ster, maar het zal je laatste kans zijn.
"En als ik het niet doe?
'Je zult voor eeuwig reizen, Kelf, voor miljoenen jaren, of totdat je zelf je leven beëindigt, Kelf het schip tegen elk obstakel laat crashen. Vergeet niet dat je het kunt. Drie graden naar links gedurende vier minuten is meer dan genoeg.
Een paar seconden stilte volgden.
Op het scherm hield Alvia haar ogen op hem gericht, zonder ook maar te knipperen.
Rechts van de president, noch zijn ogen, noch zijn gezicht, altijd mooi, perfect, lieten zijn emoties doorschijnen, als hij die op dat moment echt had.
Kelf zelf brak het, met een vraag:
'Hoe lang ben ik hier al bewusteloos?
'Drie dagen, Kelf. Iets onbeduidends, als we er geen rekening mee hielden dat je van Kronos weggaat met een snelheid die drie keer zo snel is als het licht.
Hij huiverde, niet in staat om het te helpen.
Het was... alsof de Grote Raad, en daarmee Kronos zelf, hem naar de uiteinden van het heelal stuurde.
Buiten het universum zelf.
'Om te overleven zul je tablets en voorraden op het schip vinden, Kelf. Kronos denkt aan alles. Dit gaat duizenden jaren mee... maar je zult van het schip moeten afdalen, of je het nu leuk vindt of niet, om verder te leven. Je biochemische samenstelling hield geen rekening met je voedingsbehoeften, Kelf.
"Ja dat weet ik. Moet ik nog iets weten?
"Dat is alles" hij hield zijn hoofd schuin om naar Alvia te kijken, en vroeg Kelf "Wil je haar iets vertellen?
Kelf schudde de zijne.
"Nee" antwoordde hij. Elk.
Alvia zei ook geen woord, maar nu glimlachte ze.
'Wacht even, Kelf.
"Ja...?

'Je kunt dit scherm naar believen oplichten, begrijp je? Je zult in staat zijn om je eigen leven te zien en wat je wilt. En dingen op de planeet. Daarmee vergeet je het niet.
Kelf zei niets.
Alvia's ogen achtervolgden hem.
Ogen die glimlachten, net als zijn rode mond, als een bloedende wond.
Die ik nooit zou zien.
Plotseling werd het scherm zwart en Kelf voelde zich oneindig klein.
Drie dagen reizen met die snelheid...
Hij schudde zijn hoofd, hij wilde niet verder denken, maar het was onmogelijk voor hem, dus zette hij het scherm aan.
Stukken die bijna of helemaal vergeten waren, van zijn verleden, begonnen voor zijn ogen te paraderen.
Dus steeds weer, nog veel meer, totdat The INFINITE voor hem verscheen.
De tijd telde niet.
Noch de armen, de kussen en strelingen van Frida of Alvia. en die van zoveel en zoveel vrouwen als ze van hem hielden, in die duizenden jaren van levensduur.
Niets telde meer voor hem, zelfs zijn eigen bestaan niet.
In de kosmos zette het intersiderale schip zijn onverbiddelijke mars voort en liet de zonnen, de sterren en nieuwe sterrenbeelden achter die nooit gezien waren vanaf de planeet van de Melkweg I.
Keer op keer het laboratorium, de explosie, het inademen van het dodelijke gas en de mutatie, waarvan de eerste effecten hun ogen bereikten, waardoor ze weer nieuw zicht kregen toen de wetenschap van die tijd alles al had afgerond.
De jaren, Alvia, Kronos, Frida..., en die oproep om hem te waarschuwen het niet te doen, niet uit zijn huis te gaan, tenminste totdat hij met zijn communicator gesproken heeft.
Ze had op hem moeten wachten.
Volmen, de Grote Raad, waarvan hij deel uitmaakte op de Planeet, als de Wezen-Robot die leven en vorm gaf aan Kronos.
Kelf sliep en at als een automaat en vroeg zich duizend keer af of de ruimte niet zijn brein aan het delven was.
Of misschien was het Tijd.
Maar tijd telde niet in het heelal, of in het verleden, het heden of de toekomst.
Er was daar geen toekomst.
Alleen een schip en een Reis zo oneindig als de oneindigheid zelf waar het eeuwenlang moest worden gevonden.

Kelf ontwaakte uit zijn apathie toen plotseling de gele knop voor zijn ogen flikkerde en bevroor.

Ingeschakeld.

Aarzelend liep hij naar de bedieningselementen, pakte ze en raakte ze met zijn vingertoppen aan.

Er is niks gebeurd.

Toen probeerde hij het schip naar rechts af te buigen en werd gehoorzaamd met een volgzaamheid die hem verraste.

VIERENTWINTIG UUR!

Zo lang had hij.

Met die snelheid, meer dan genoeg om een planeet te vinden, misschien bewoond door andere wezens, ook al waren ze anders.

Kelf verlangde naar gezelschap, wat het ook was.

Kronos wist de dingen goed met hem te doen.

Maar hij had pech.

Na een bocht die hem zes en een half uur kostte, startte Kelf de straalmotoren en daalde hij af naar de korst van een asteroïde.

Onherbergzaam, materieel bedekt met kalksteen en kosmisch stof, ongeveer duizend vierkante mijl.

Een soort eiland in de kosmos dat met twee keer de snelheid van het geluid reisde, gebogen naar de zon, die hij zag schijnen als een gouden sintel door de bril die hij droeg.

Aan de andere kant de schaduw.

Onzichtbaarheid, als het zo genoemd mocht worden.

Ontmoedigd keerde hij na nog drie uur verkennen, gekleed in een ruimtepak en speciale schoenen, terug naar het schip, deed de deuren stevig dicht, nam een paar tabletten en strekte zich uit op het bed om de banden aan te passen.

Hij viel in slaap.

Toen hij wakker werd, was hij weer aan het reizen, met de zon aan zijn linkerkant en de sterren van een nieuw sterrenbeeld aan zijn rechterkant.

Hij zette het scherm aan.

Het zou veel beter zijn geweest om in één keer te eindigen, om te eindigen zoals Frida of Volmen, en zoals zovelen en zo vele anderen, voordat hij de Kracht van Kronos uitdaagde, een Kracht die hij zelf had gecreëerd, om door diezelfde Kracht te worden vernietigd.

Weer en voor zijn ogen gleed heel zijn verleden weg, en hij zag weer de gezichten van Frida en Volmen, en de zijne, met Alvia.

Oorlogen, rampen en de eerste Raad van de Planeet die met Kronos afrekent.

Zijn poging tot vernietiging, de telefoonstem van het andere continent en zijn ontsnapping, nadat hij de Robots-Guardians had uitgeschakeld.

Het scherm was leeg.
Kelf stond op en bleef lange tijd met zijn ogen gefixeerd op de sterrenbeelden rechts van hem, terwijl links van hem de zon die hem tot dan toe had verlicht snel in de verte begon te verdwijnen,
Toen omhulde de duisternis van de ruimte alles, als een sterfelijke mantel.
Hij keerde terug naar het bed en ging liggen.
Kelf viel in slaap, gestreeld door Frida's liefdevolle armen.
Maar Frida bestond niet meer.

* * *

Kelf ontdekte de planeet toen nog maar een half uur geleden het gele lampje op het dashboard was gaan branden.
Hij verlichtte het scherm, terwijl de meters hem het hemellichaam lieten zien dat zich bijna voor hem bewoog, op een afstand van vijftigduizend mijl.
Hij begon het schip te vertragen, dat automatisch gehoorzaamde.
Links van hem, enigszins verheven boven wat we de horizon van het ruimtevaartuig zouden kunnen noemen, bleef de zon die de planeet verlichtte, vast in de ruimte.
Precies zoals degene die de wezens in leven hield die de planeet bevolkten.
Het scherm lichtte op.
Kelf hield zijn adem in en keek.
Het was nog ver, ver weg, maar het zou spoedig binnen handbereik zijn.
De verloren formule, het geheim dat je millennia lang zal vergezellen ...
Hij schudde zijn hoofd om niet na te denken.
De afstand werd nu langzamer gesloten.
De remmen van het schip werkten perfect.
Later, na het lezen van de gegevens die de instrumenten van het schip hem zouden laten zien, over de dichtheid en zwaartekracht van de planeet, de samenstelling van de atmosfeer en zoveel en vele andere dingen erover, zou hij het ruimtevaartuig kantelen, op zoek naar de juiste hoek om de planeet binnen te gaan. atmosfeer. .
Hij deed het boven een bewolkte omgeving, en de herinnering aan de Planeet en Kronos schoot zo door zijn hoofd dat gedurende een paar seconden het ritmische kloppen van zijn hart veranderde, denkend dat het die zou kunnen zijn.
Het was niet.
Hij wist het zodra hij de barrière van wolken overstak, terwijl voor zijn ogen en met fantastische snelheid over het televisiescherm rivieren, zeeën, bergen, valleien, gras en meren gleden.
Het was niet de planeet, maar het had een atmosfeer en plantenleven.

De andere... bestaat misschien wel of niet, maar op dit moment kon het Kelf niet schelen, niet een beetje, niet veel.

Op dat moment wilde hij maar één ding, op het oppervlak neerdalen.

Maar hij haastte zich niet.

Kelf nam hoogte, nadat hij de plaats had gekozen waar het schip moest landen, het vastmaakte met de instrumenten aan boord, en in een baan boven de planeet bleef totdat, in dat deel ervan, de nacht viel.

HOOFDSTUK XI

Zholta was bang.
Voor het eerst in lange tijd in jaren wist Zholta dat hij dood zou gaan, en hij beefde.
Zijn dood zou verschrikkelijk zijn.
Ze begreep de reden van dit alles niet, maar zo moest het zijn en zo zou het zijn, omdat ze het zo wilden.
Ze zat te wachten, zittend op de harde vloer van de grot, nauwelijks bedekt met een soort tuniek gemaakt van stukjes liaan en bladeren van bepaalde soorten bomen, en met haar handen op haar rug gebonden.
En het zou gebeuren wanneer de tweede van de drie manen die de planeet verlichtten, zijn hoogtepunt bereikte.
Ze begrepen haar niet, en daarom was er geen reden om hen dingen uit te leggen.
Dat zou hun situatie alleen maar verder verergeren.
Zholta sloot zijn ogen; Ik wist dat ze hier snel zouden zijn.
Het was zo.
De huid die de ingang van de grot bedekte werd opzij geschoven en enigszins geschrokken opende Zholta haar ogen en keek ernaar.
Het waren er vijf, maar buiten waren er meer.
Zij waren de componenten van het Assyrische volk, miljarden jaren oud.
De afstammelingen van die anderen die voor het eerst de planeet bewoonden.
"Sta op.
Zholta deed het moeizaam, nog steeds kijkend naar de oudste van hen.
Met een lange baard, dezelfde als de anderen, met krachtige spieren, zeer prominente jukbeenderen, sterke en korte benen en buitensporig lange armen met een afgeplatte neus, en een hoofd dat over het geheel genomen volledig vierkant is, behalve de nek, die naar achteren iets langwerpig was.
"Heb je iets te zeggen?
Zholta keek ze nog een keer aan.
Bijna bedekt met haar, op sommige plaatsen lang en dik, gekruld, alsof het borstelharen waren, en nauwelijks bedekt ..., zoals de wezens die miljarden jaren geleden een planeet genaamd Aarde bevolkten.
Het was alsof plotseling het verleden volledig tot leven kwam in dat land waarvan de Assyriërs geen flauw idee hadden.
Zholta ook niet.
Hoewel het in alle opzichten anders was
"Elk.
"Weet je wat de straf is?

"Ja, maar ik ben niet bang.

Hij deed een stap naar de ingang van de grot.

"Aan het wachten.

'Waarvoor, Kerr? Het leidt nergens toe.

"Dat weet ik nog niet.

Zholta deed nog een stap naar voren.

Buiten, op korte afstand, liet Kelf het schip op de planeet zakken.

"Aan het wachten.

Hij stopte.

'Waarvoor? herhaalde hij.

"Je zou kunnen proberen je verstaanbaar te maken.

'Het heeft geen zin. Ik ben anders dan jij en ik moet verdwijnen.

Het was waar, maar er was nog iets anders, nog veel meer, waar al over gesproken, bestudeerd, besproken was, om nergens te komen.

Het was anders en werd niet begrepen.

Zelfs als hij sprak, veroorzaakte zijn gesprek of zijn woorden angst, zelfs bij de machtigste van Assyrië.

De spijt; tot dood.

'Het is waar, Zholta. Laten we gaan.

Hij reageerde niet en begon te lopen.

Buiten, de rotsen, de maan, de sterren die schitteren in het zwart van de lucht, de bomen en de grotten die de Assyriërs huisvestten.

Allemaal verlicht, want er waren ongeveer honderd, of misschien meer, brandende bijlen, waaruit de hars sijpelde.

Een hele rouwstoet voor Zholta, die huiverde toen hij hen zag.

En stilte, want er kwam geen geluid, ook al was het onverstaanbaar, uit die kelen.

Alleen degenen die overeenkomen met één geslacht, behalve zij, die het tegenovergestelde was.

"Gaan.

Hij liep verder tussen de rotsen, waar zijn voeten, volledig blootsvoets, net als die van de anderen, geen enkel spoor achterlieten, naar de esplanade omringd door rotsen met puntige randen.

Een paar minuten later zag Zholta de brandstapel en de grote rots gevuld met allegorische gravures die de ongunstige god van de Assyriërs afbeelden.

Afgemaakt met een monsterlijke, afstotende kop.

Ze zouden haar daar opofferen.

Zholta liep zonder een enkele misstap te maken, klom de kleine trap op die toegang gaf tot het voetstuk dat de god vasthield, en bleef zo staan, wachtend tot de oude Kerr haar naderde, zoals hij deed.

Hij maakte haar handen los en ontdeed haar van haar tuniek.

Toen gooide hij het opzij, een beetje weg van de steen waar hij het wilde vastbinden.
'Geef me je handen, Zholta.
Dat deed ze en bond ze opnieuw vast, maar nu voor haar lichaam, en toen een dikke wijnstok om haar smalle blote middel, en bond haar zo aan de hoge steen vast.
'Wil je iets voordat we klaar zijn?
"Niet doen.
"Waarom?
'Ik lees in je denken.
"En wat zie je?
"Landverraad.
Kerr kreeg stuiptrekkingen, alsof hij bezeten was door een lachbui, maar zijn kleine ogen, bijna in hun kassen verzonken, glansden anders.
"Aan wat en aan wie?
'Naar Assyrië, dat is uw volk. Je bent oud, Kerr, heel oud... maar toch... je hebt me nog steeds nodig. Eén woord van Zholta, en je zou voor me vechten, maar Zholta wil het niet uiten. 'Hij sloot zijn ogen en voegde eraan toe:' Ga nu, Kerr.
"Verdomme...
Hij wendde zich af.
De stilte was grimmig.
De bijlen bleven het tafereel verlichten, spookachtig, nu vast in de grond en vormden een halve cirkel rond de god en het slachtoffer dat ze gingen offeren.
Ze spraken niet.
Maar zwijgend stapelden ze droge takken en boomstammen rond het voetstuk waar Zholta stond.
Ze gingen het verbranden.
Een enkel woord, en misschien... maar Zholta zou het nooit zeggen.

* * *

Kelf zag de stoet een half uur nadat ze het binnenschip hadden verlaten.
Er was een atmosfeer en de zwaartekracht van de planeet was vergelijkbaar met degene die hij zesduizend lichtjaar geleden had verlaten, maar desondanks, misschien vanwege de gewoonte van andere vluchten, had hij het ruimtepak aangetrokken, niet de stolp.
Het kosmische straalpistool gloeide in zijn hand.
Vijfhonderd ladingen, en geen enkele was gebruikt.

Lichten in de verte, bewegend, de indruk wekkend een met fakkels verlichte processie te zijn ..., alsof iemand een van die beroemde voodoo-dansen van de 19e of vroege 20e eeuw op planeet Aarde aan het voorbereiden was.

Kelf stopte in zijn sporen, aarzelde een paar seconden en liep verder, langzaam, volledig gehurkt tussen de rotsen en het kreupelhout, hen nu volgend,

De esplanade.

Achter een klein rotsmassief verstopte hij zich, heftig verbaasd over het beeld dat zich voor zijn ogen begon te ontvouwen, even onverwacht als ongelooflijk.

Twee wezens van het andere geslacht, gevolgd door anderen, in een begrafenisstoet.

Het gewaad op de grond, en zij, volkomen onbeweeglijk, op de rotsvoet.

Kelf raakte lichtjes de trekkerveer van zijn pistool aan.

Maar zou hij ze zo kunnen elimineren, zo?

Ja, maar dat zou hij niet moeten doen.

Misschien was het de reden voor de grote groep dat...

Ze zouden haar levend verbranden!

Kelf trok een grimas en keek hen aan.

Ze waren aan het praten.

Hij kon de woorden niet horen, maar die wezens, net als de eerste bewoners van de aarde, begrepen elkaar, en niet precies door gebaren.

Nu liep hij van haar weg.

Oud, heel oud, aapachtig.

Kelf hief het pistool, maar vuurde niet.

Ik kon het nog steeds niet.

Ondertussen groeide de brandstapel bij haar voeten.

Het was blond.

Zijn lichaam, donker, scheen in het licht van de fakkels en de maan, van de drie manen die die planeet verlichtten, alsof het zijn eigen licht had.

Kleine, ronde en stevige borsten, zoals hij wilde, stevige heupen en lange dijen, eindigend in de perfecte knie, gevolgd door de welgevormde kuit en kleine, blote, blote voeten.

Het was prachtig.

Kelf zei tegen zichzelf dat hij iets moest doen.

De fakkels kwamen nu naar haar toe, en een gemompel steeg op uit de nacht, groeiend en groeiend.

Die gekken zouden de brandstapel in brand steken.

Het was toen dat Kelf de trekker overhaalde, maar niet op de groep mikte.

De grendel maakte een angstaanjagend gesis, kronkelde tussen de fakkels, en een rots van enkele tonnen, zo'n vijftig meter rechts van de groep, ontvlamde in een blauworanje gloed, explodeerde en verdween.

De fakkels bevroor en het gemompel hield helemaal op.

Kelf wachtte nog drie seconden en haalde de trekker over.

Een oude boom explodeerde in de nacht, verlichtte het schilderij dat werd afgebeeld, en het smolt in de nacht in minder dan een vijfde van een seconde.

Op dat moment liet hij zich zien, gedreven door een idee dat op dat moment bij hem opkwam.

Hij begon naar hen toe te lopen, stap voor stap, de loop van het geweer op heuphoogte, en zijn vreemde witte pak deed wat de kosmische stralen niet konden.

De route.

Hij hoorde ze schreeuwen, doodsbang, de fakkels vielen op de grond en hun haastige stappen gingen snel verloren in de nacht, tussen de keien en de heide die de omgeving besmetten.

Kelf versnelde zijn pas en plotseling stond hij voor haar ogen.

Zwart, onbewogen, alsof wat hij zag hem niet verbaasde of niet bang was.

"Wie ben jij?

"Zholta.

"Wat doe jij hier?

'Ze gingen me opofferen aan Asiris. Hij is de god van hun volk.

"Jij bent anders.

"Ik weet het", zweeg hij en voegde er tot zijn verbazing aan toe: "Jij... je komt van de sterren.

Kelf verloor een paar seconden tijd voordat hij antwoordde:

"Hoe weet je dat?

De grote zwarte ogen gleden van de zijne weg en hij zag haar naar de lucht staren.

'Ik praat met ze,' zei hij eenvoudig.

Kelf antwoordde niet. Hij sneed door de wijnstokken die haar aan de hoge steen hielden en trok haar toen weg.

Toen bukte hij zich, pakte de mantel op en gaf die aan haar.

"Bedek jezelf", zei hij.

Hij zag haar glimlachen.

'Waarom wilden ze je vermoorden?

"Ze begrijpen me niet.

"Is het een motief?

"Ja.

Hij knoopte zijn tuniek om zijn smalle middel en staarde haar nog steeds aandachtig aan.
"Ben je bang voor mij?
"Niet doen.
De verloren formule, de geheime rué had hem vergezeld voor ...
Toen vroeg hij:
"Jij komt met mij mee?
"Naar de sterren?
En hij sperde zijn ogen open.
"Ja, dat klopt," antwoordde Kelf.
Een zoon, zij kon het, zijn biologische samenstelling was hetzelfde als die van haar, zijn voortplanting ook.
Hij dacht aan Kronos en verwonderde zich erover dat er op dat moment geen haat voor hem was, of voor Alvia, die al zou zijn overleden.
Ja, het had al millennia opgehouden te bestaan.
Kronos zou echter nog steeds standhouden.
Het was de wet van leven en dood.
Hij stak zijn hand uit en nam er zelf een.
"Kom" zei hij.
Ze begonnen stil, dicht bij elkaar te lopen, tussen rotsen, vuil, stof en struikgewas.
"Hoe ben je op deze plek gekomen?
Hij zag haar haar schouders ophalen.
"Ik weet het niet.
"Wat bedoel je?
"Mijn ras leeft aan de andere kant van de planeet, waar nu de zon is ... ik ... ik heb deze omgeving altijd gezien, dus ik denk dat sommigen van hen me brachten toen ik heel klein was.
"Hoe heb je de terugkeer niet geprobeerd?
'Het was onmogelijk. Zelfs nu is het zo... Als je me niet meeneemt op dat ding dat je hier van de sterren heeft gebracht.
"Wil je dat ik?
"Niet doen. Maar ik wil van deze planeet verdwijnen. Ik ga met je mee. Zholta begrijpt het leven of de dood niet. Noch begrijpt ze dat ze haar willen vermoorden of dat ze elkaar vermoorden. Zholta wil gewoon rust en stilte Daarom wil hij deze planeet verlaten "ze hield haar hoofd schuin om naar hem te kijken en ging langzaam verder": Zholta zal je kinderen geven, Kelf.
Hij bleef staan, liet haar hand los en keek haar open aan.
"Hoe weet je dat allemaal?

"Ik lees in gedachten. Het is een geschenk, Kelf. Dus toen ik je zag, wist ik dat je van de sterren kwam... en dat er een Kronos en een Alvia is. Wie waren zij?
Zonder haar vraag te beantwoorden, antwoordde hij met een andere:
"Telepaat?
Zholta's ogen werden groot.
'Wat is dat?' 'vroeg hij.' Ik begrijp je niet, Kelf.
"Wat je in je gedachten leest", merkte hij op
'Heet het zo...? Nou, het is waar. Daarom lachen ze om me te vermoorden. Ik weet van iedereen al het slechte en goede dat hij in zich heeft.
'Het is een bonus,' mompelde Kelf, terwijl hij haar hand weer pakte en aan haar trok.
Zholta antwoordde opnieuw en antwoordde:
'En van streek. Het neemt het vertrouwen in anderen weg, en daardoor is Zholta altijd alleen. Wie is Alvia?
"Hij is al overleden. Duizenden lichtjaren geleden stierf het.
Weer zag hij haar verbazing.
'Ik begrijp niet wat je me probeert te vertellen.
'Ik zal het je in de loop van de tijd uitleggen, Zholta... want ik ga je iets geven dat ik alleen in de kosmos bezit. Of tenminste, dat is wat ik denk.
"Wat is...?
Ze zag eruit als een kind, of misschien was ze dat in zekere zin ook door de manier waarop ze de vragen stelde, door haar nieuwsgierigheid, en Kelf probeerde haar geest af te sluiten voor die andere, misschien veel krachtiger dan haar eigenaar zou vermoeden.
"Ik zal het je op het schip vertellen", antwoordde hij.
Zholta antwoordde niet, omdat op dat moment de steen die misschien met een slinger of iets dergelijks was gegooid haar bereikte.
Kelf hoorde haar kreunen, zag haar zich omdraaien en als een zak op de grond vallen, en moest onmiddellijk zichzelf lanceren, toen een regen van stenen om hem heen begon te vallen.
De Assyriërs, na het eerste moment van paniek, en zagen dat hun gefrustreerde slachtoffer werd weggevoerd, vielen hen aan op de enige manier die ze kenden.
Kelf kroop naar haar toe, die doodstil op het gras stond, en stopte zodra hij haar zijde bereikte.
Toen hij omkeek, zag hij ze.
Niet voor iedereen, maar voor sommigen wel.
Het kon binnen enkele seconden lachen wegnemen, maar dat deed het niet. Het idee walgde hem.

Ze deden wat ze dachten dat eerlijk was ... en niet gedwongen door Kronos of de president van de planeet.

Hij vuurde twee keer en de rotsen die hen bedekten, verdwenen in vonken en scherpe rook. Voor de tweede keer zag hij ze door de struiken, bomen en rotsen rennen en schreeuwen, opnieuw bezeten door de demon van angst.

Kelf verspilde geen tijd, hij nam Zholta in zijn armen en rende met haar mee, zonder het wapen te laten vallen.

Het schip.

Hij klom de ladder op en stapte naar binnen, zijn longen stonden op het punt te ontploffen, en legde haar op het bed.

Hij snakte naar gezelschap. Hij had het uren, eeuwen en millennia nodig gehad, en nu had hij het.

Hij draaide zich om en sloot de toegangsdeur naar het intersiderale schip, wetende dat het op de van tevoren geplande tijd de ladder zou oppakken en de ruimte in zou gaan, om opnieuw de geplande koers te volgen, ook van tevoren, in een reis die leek geen einde te hebben.

Kelf keerde terug naar Zholta's zijde.

Op het mooie hoofd, bedekt met lang blond haar, zat bloed.

Hij ging verder met haar te onderzoeken, wetende dat het slechts een tijdelijk verlies van bewustzijn was als gevolg van de steen, en genas haar vervolgens met deskundige handen.

Dan het echt was.

Buiten, tegen de romp van het schip, klonken de dreunen steeds luider.

Ze vielen hen aan.

Kelf bewoog niet.

Het deed hem niks.

Zelfs als ze andere, veel modernere wapens hadden, zouden ze geen deuk maken in die krachtige romp die niet in staat is om te smelten, zelfs niet door de meest angstaanjagende wrijvingen, wanneer ze een atmosfeer binnenkomen of er gewoon doorheen gaan.

Toen Zholta bijkwam van zijn zwijm, zag hij de sterren met ongelooflijke snelheid achteruit door de ruimte rijden.

Zholta, gefascineerd door een schouwspel dat ze voor het eerst zag, naderde een van de panelen en lange tijd bleef ze ernaar kijken, totdat ze zich plotseling van daar afwendde en door het hele schip naar Kelf zocht.

Ze wilde hem vragen waar ze heen gingen, vooral geleid door haar natuurlijke nieuwsgierigheid naar alles wat ze zag. Gevonden in het laboratorium.

* * *

'Je hebt al lang niet meer gegeten, Kelf.
Hij keek naar haar.
Ze was mooi, heel mooi, maar hij had haar nog niet gekust.
Hij dacht daarover na, maar wat hij antwoordde was:
"Ja zo is het.
"Kom op, kom met me mee.
Het kwam steeds dichter bij hem.
Hoe lang zat hij al opgesloten?
Zholta stelde zichzelf de vraag toen hij dichterbij kwam, niet in staat om zichzelf een concreet antwoord te geven.
Dagen, maanden of eeuwen; voor haar was de tijd ook gestopt met tellen.
Potjes weghalen, cijfers vergelijken en nog eens cijfers, gescheurde papieren op de grond, vol onbegrijpelijke cijfers, met ogen en gezicht vol vermoeidheid; ogen die haar nu heel aandachtig aanstaarden.
"Ga weg, Zholta 'hoorde hem zeggen', dit' is bijna voorbij en ik wil het niet langer uitstellen.
"Wat is het?
Kelf dwong hem te glimlachen.
"Je leest in gedachten.
'Maar niet de jouwe, Kelf. Je hebt het voor mij gesloten.
"En vind je het niet leuk?
"Ik tel niet mee, want jouw wil is de mijne.
'Ga in dat geval, begrijp je?
dacht Kelf.
Twee schip stopt ... en hij moest een wereld voor Zholta vinden. Een wereld voor ons beiden; het was essentieel dat het zo moest zijn.
Twee tussenstops, en de reis die nooit zou eindigen... maar Zholta zou al dood zijn toen dat gebeurde, en hij wilde het niet.
Ze wilde niet weggaan, ze bleef hem benaderen, met een uitdrukking in haar ogen die hij nog nooit eerder had gezien.
Hij cirkelde om de tafel waarachter hij stond, en nu legde hij zijn handen op haar schouders, steeds meer en meer leunend.
'Ik ga je kinderen geven, Kelf,' fluisterde hij. Het is jouw wil en de mijne, begrijp je?
En verpletterde ze; lippen tegen de hare.
De omhelzing duurde lang, misschien uren, en de tijd drong, dus Kelf moest haar wegduwen, haar bijna een klap gevend, en zonder haar verrassingsgebaar te willen zien, zei hij:
'We verspillen tijd, Zholta.
"En vind je het niet leuk?

'Ja, maar dat moeten we niet. Niet voor nu. Ga en wacht op mij. Ah! Zet het scherm aan. Je zult met je ogen dingen zien die je interessant vindt om te weten... en die ik je niet kan uitleggen.

Hij kuste haar nog een keer, en eindelijk zag hij zichzelf alleen, voor de kolven in het laboratorium van het schip, en de getallen die hij maandenlang had geprobeerd te combineren,

Nu was alles klaar.

Hij zou Zholta al zijn macht geven, en dan... zou hij al die papieren weer verbranden, al die formules die millennia geheim waren geweest, zelfs voor Kronos zelf.

Ideeën...

Dat ze niet op de planeet te krijgen waren omdat Kronos ze verbood.

Bah!

Zholta stond voor het scherm toen hij naderbij kwam, met een lange tube sinaasappellikeur in zijn hand.

'Drinken,' zei hij.

Verbaasd keek ze hem in de ogen, stak haar hand uit en pakte hem aan.

'Het is... wat ik op het scherm zag, toch?

"Ja zo is het.

Zholta dronk.

HOOFDSTUK XII

Hij schrok, zodra hij wakker werd.

Er gebeurde niets in het schip, maar hij wist dat er iets was veranderd. Het was zijn intuïtie, het zogenaamde zesde zintuig dat hem waarschuwde, en Kelf kwam overeind.

Naast hem sliep Zholta vredig.

Om hem heen zette het schip zijn reis voort, maar er was nog iets anders; iets wat ik niet begreep.

Ze leken niet te bewegen, of zelfs maar te bewegen, wat niet ongebruikelijk was in de ruimte, maar er was een vaag gevoel dat ze gewoon zweefden, alsof ze op drift waren.

Kelf kleedde zich aan en rende naar een van de panelen, die hij opende om te kijken.

zwarten

Hij ging naar de andere, ijsbeerde het schip van het ene eind naar het andere, met vreemde haast, en voerde dezelfde operatie uit.

Zwartheid, zonder een enkel lichtpuntje, om de locatie van de sterren aan te geven, simpelweg omdat er geen waren.

Hij streek met zijn handen over zijn ogen, maar dat, dat afschuwelijke gezicht, hield aan.

Er waren nergens sterren, het schip was de muur overgestoken die de grenzen van het heelal scheidde, en was het niets binnengegaan, zijn onverbiddelijke mars volgend.

Twee stops... en een daarvan zou zijn om vierentwintig uur terug te gaan... wat nutteloos zou zijn, aangezien de automatische piloot van het intersiderschip zou terugkeren naar de koers die het nu voerde.

Kelf stapte weg van het paneel en plofte neer op het eerste wat hij vond, en zo vond Zholta hem, een uur later.

Vanaf dat moment wisten ze geen van beiden hoeveel tijd er verstreek, maar het waren eeuwen waarin ze zeilden, althans dat geloofden ze, door die zwarte massa, die hen voor altijd leek te hebben geabsorbeerd.

Het was op een ochtend, meende Kelf, toen hij in de verte, voor het schip, de eerste lichtpuntjes zag.

"Zholta" schreeuwde bijna. " Bekijken.

Ze rende naar hem toe en lange tijd keken ze naar hen totdat ze om het schip begonnen te cirkelen.

'Het zijn... het zijn sterren, Kelf, werelden die bewegen. Nu zal ik je de kinderen geven die ik je heb ontzegd, als we in die horror komen, Kelf.

Hij reageerde niet, hij keek, en terwijl hij dat deed en naarmate de tijd verstreek, versnelde zijn pols omdat daar iets gebeurde dat hij nooit vermoedde.

Iets veel ongelooflijkers dan alles wat ze hadden achtergelaten!

De sterren, de sterrenbeelden, de nevels...

Kelf streek met zijn hand over zijn voorhoofd en sloot zijn ogen.

Het beeld hield aan ... en het schip zette zijn onverbiddelijke mars voort, zonder het te kunnen stoppen.

Ze zouden langskomen en Zholta...

Nee, zo'n gebeurtenis zou niet plaatsvinden.

Kelf wist het dagen later toen, voor zijn ogen, het gele licht begon te schijnen, en hij wachtte geen seconde.

Hij nam de besturing over en, zonder een woord te zeggen, terwijl je Zholta zwijgend naast hem stond, naar hem keek en de koers uitstippelde.

Uren die naar zijn eigen oordeel lang of misschien weken duurden, hoewel hij wist dat dat niet kon, aangezien hij er nog maar vierentwintig had, toen de punt voor het schip begon te groeien en te groeien.

De wolken, de woestijnen, de valleien, de heuvels, de meren en de continenten kwamen.

"Zullen we afdalen?

"Ja.

Kelfs stem was hees en zijn voorhoofd transpireerde.

"Welke ster is dat?

'De planeet, Zholta. De aarde. Moeder van de Melkweg I

En zelfs hijzelf begreep pas veel later de betekenis van zijn eigen woorden.

Hij ging de atmosfeer van de aarde binnen met slechts één idee in gedachten, namelijk zo snel mogelijk naar het oppervlak van de planeet af te dalen, maar hij koos wel willekeurig een gebied in de schaduw, vlakbij de Grote Stad, aan de rand ervan.

Kelf wilde iets weten.

Op de grond draaide hij zich om en keek haar aan.

'Kun jij het schip aan?' vraag ik.

"Jij liet me zien.

"Ik moet iets uitzoeken, en het zal een paar uur duren", vervolgde hij. Je blijft, begrijp je? Ze kleden zich niet zoals jij, en ik wil niet dat je de aandacht trekt. Maar als het om een andere reden niet terugkomt, zul je de aarde verlaten, met geen andere hulp dan die van het schip ... en je zult niet meer dan één keer kunnen stoppen. Doe het ... met de jouwe, op je verre planeet, Zholta. Maar kijk eens goed naar één ding, dat lampje gaat maar één keer aan ... en je moet de bedieningselementen niet aanraken, als dit gebeurt. Laat het schip alleen varen, alsof er niets is gebeurd, begrijp je?

"Ja.
'Wacht dan tot hij weer aangaat en dan... vind je planeet.
"Maar...
Hij wachtte niet en Kelf verliet het schip.
De buitenwijk.
Het was toen dat hij stopte en verstijfde, want dat was gewoon ongelooflijk.
Ze stonden daar, bijna voor hem, in een van de hoeken, met hun rug naar hem toegekeerd.
Twee robotwezens.
Twee Kronos-robots.
Kelf legde zijn handen voor zijn ogen en wreef er woedend in.
Toen hij klaar was, keek hij.
Er was geen fout.
Hij deed de ene stap, de andere, aarzelend, toen een afschuwelijk vermoeden zijn geest begon te beheersen, en hij stopte.
Voor hem bewogen de robotwezens niet.
Van waakzaamheid...?
Het idee.
Het was verschrikkelijk.
Kelf begon achteruit te lopen.
Ik zat op hetzelfde startpunt.
Het was alsof er niets was gebeurd... maar wat er moest gebeuren.
Hij was vanuit de stad vertrokken op een reis van millennia, duizenden lichtjaren, en was op dezelfde bestemming... waar alles precies hetzelfde was.
Met grote ogen, een uitdrukking van waanzin op zijn gezicht, begon hij stap voor stap achteruit te gaan.
Alvia en Kelf...
Volmen en Frida.
Hij herinnerde zich toen de duisternis het schip opslokte op die gruwelijke top De sterren, zonder een enkel lichtpuntje. Hij had de uiteinden van het heelal bereikt, hij was ze overgestoken tussen een melkachtige massa van zwartheid... , zich terugtrekkend in het Verleden tot aan zijn tijd
Het was... onbegrijpelijk, maar het gebeurde.
Hij had duizenden lichtjaren naar de Toekomst gereisd, sinds ze hem van de aarde lieten opstijgen, verdreven van Kronos, om terug te gaan naar het verleden, waarbij hij ook alle wetten overtrad die ruimte-tijd ondersteunden.
Het maakte zijn eigen Epoch, waar alles ... hetzelfde zou blijven.
Hij wist nu niet eens of het schip met Zholta achter hem zou doorgaan, of dat zou zijn teruggekeerd naar zijn tijd ... als hij, terwijl hij naar de Grote Stad liep, het hoofdkwartier van Kronos, van de president, van de Grote

Raad , had die barrières doorbroken ... na het traceren van een baan van waanzin, daarvoor.

Met dronken stappen, wetende dat als hij bleef, dat als hij de Grote Stad binnenging, ondanks kennis van de feiten, hij niet kon voorkomen dat ze zich zouden herhalen, aangezien de loop van de Geschiedenis niet veranderd kon worden, hij bleef zich terugtrekken in de schaduwen , trillend, zijn gezicht vertrokken, naar het interstellaire schip, niet wetend, zoals hij al dacht, of het was teruggekeerd naar de Toekomst.

Kelf had geluk.

Het kostte Zholta uren, dagen en maanden om terug te keren naar de realiteit van het moment.

Het was die nacht, terwijl ze hem omhelsde, toen ze in zijn oor fluisterde:

"We zullen terugkeren naar mijn Planet Kelf, met mijn mensen ... en ik zal de kinderen krijgen die ik verlang.

"Ja, wat je maar wilt, Zholta," antwoordde hij en kuste haar. We komen terug op jouw tijd.

Ze opende haar ogen veel.

'Mijn tijd...? Ik begrijp je niet, Kelf.

Hij sloot zijn ogen en verborg zijn hoofd tegen haar stevige schouder.

'Op een dag... zal ik het je uitleggen..., maar hij verlangt niet. Niet nu.

Ik zou... maar het was verschrikkelijk...

Alvia en Kelf.

Alvia en hijzelf.

Een sprong terug in de kosmos ... en alles was hetzelfde.

EINDE

www.ingramcontent.com/pod-product-compliance
Lightning Source LLC
Chambersburg PA
CBHW031451130726
47989CB00003B/1339